AF453892

LE
ULAIRE POÉTIQUE
DES AMANS

OU LE

LANGAGE DE L'AMOUR;

CHOIX

DE CITATIONS ET DE PENSÉES

EN VERS ET EN PROSE,

Extraites de nos meilleurs Auteurs et propres à
donner à la Jeunesse d'heureuses Inspirations
dans la Conversation et la Correspondance.

Propriété de l'Éditeur.

AVIGNON,

PIERRE CHAILLOT JEUNE, IMPRIM.-LIBRAIRE,

PLACE DU PALAIS.

1844

LE
VOCABULAIRE POÉTIQUE
DES AMANS

OU LE

LANGAGE DE L'AMOUR;

CHOIX

DE CITATIONS ET DE PENSÉES

EN VERS ET EN PROSE,

Extraites de nos meilleurs Auteurs et propres à donner à la Jeunesse d'heureuses Inspirations dans la Conversation et la Correspondance.

Propriété de l'Editeur.

AVIGNON,

PIERRE CHAILLOT JEUNE, IMPRIM.-LIBRAIRE,

PLACE DU PALAIS.

1844.

LE
VOCABULAIRE POÉTIQUE
DES AMANS.

ABANDON. Négligence aimable qui sied à la beauté. — Délaissement d'un objet qu'on aime et qu'on laisse dans l'*abandon*.

Ses beaux cheveux flottent à l'*abandon*.

Son doux langage est plein d'un heureux *abandon*.

Dans un vague *abandon* flotte l'ame pensive.

Si j'eusse été réduite en un tel *abandon*,
Je choisirais la mort plutôt que son pardon.

ABATTEMENT. Les amans qui se croient délaissés tombent facilement dans un grand *abattement* de cœur ; mais un souris plein d'amour change subitement en une joie vive et douce ce triste *abattement*.

L'*abattement* se peint dans ses traits douloureux.

ABHORRER. Les jaloux finissent souvent par se faire *abhorrer*.

Trouverai-je partout un rival que j'*abhorre*.

ABORD. On reconnaît une personne aimable et gracieuse à son *abord* doux et engageant.

Et par son *abord* plein de graces.

Son air, son *abord* engage,
Il plaît, il charme, il surprend.

ABSENCE. *L'absence* diminue les médiocres passions et augmente les grandes, comme le vent éteint les bougies et allume le feu ; cependant Gentil Bernard la conseille aux amans.

> D'un peu d'*absence* inquiétez l'amour,
> Et vendez lui le plaisir du retour.

> L'attente d'un retour ardemment désiré
> Donne à tous les instants une longueur extrême,
> Et l'*absence* de ce qu'on aime
> Quelque peu qu'elle dure a trop long-temps duré.

L'ingrat de mon retour consolé par avance
Daignera-t-il compter les jours de mon *absence*.

ACCENTS. Le cœur et l'oreille s'ouvrent avec joie aux doux *accents* de la voix de l'objet qu'on chérit.

> Quand de sa voix les doux *accents*
> Enchantent mon ame ravie.

ADIEUX. Rien de si tendre et de si doux, rien de si touchans et si douloureux que les *adieux* de deux amans qui se séparent avec la crainte de ne plus se revoir.

Ah ! de ce long *adieu* dont la douleur s'irrite,
Le cœur s'échappe en vain vers l'objet que l'on quitte;
On s'éloigne à pas lents, les bras en vain tendus
Et l'œil le suit encor quand on ne le voit plus

ADORABLE, ADORATEUR, ADORER. Les femmes veulent être *adorées*, dit Beaumarchais, et à s'entendre dire qu'elles sont *adorables*.

Je l'*adorais* vivant et je le pleure mort.

Volage *adorateur* de mille objets divers.

ADULATEUR, ADULATION. L'excessive flatterie tient trop de l'imposture ou de la moquerie pour que le beau sexe ne doive pas se méfier des *adulateurs*. — L'*adulation* est un moyen de plaire.

Amant soumis, Protée adorateur
Voile ton front du masque *adulateur*;
Ris si l'on rit, pleure si l'on soupire;
Ris d'une folle, imite son délire;
Pour une muse orne ce que tu dis,
Est-on dévot? sois dévot et médis,
Fuis ce qu'on hait, encense ce qu'on loue;
Gai si l'on chante, et dupe si l'on joue.

AFFABILITÉ. Qualité d'une personne dont l'accueil est gracieux, les dames ne devraient jamais oublier que l'*affabilité* est le plus puissant auxiliaire de leurs attraits. — L'*affabilité* fait supporter la laideur. — La beauté sans *affabilité* ternit tous les jours.

Noble *affabilité*, charme toujours vainqueur.

AFFECTATION. Il n'y a rien de naturel dans une personne qui en toutes choses est pleine d'*affectation*. — L'*affectation*, la hauteur et la présomption corrompent les plus beaux sentimens. — L'*affectation* dans le geste, dans le parler et dans ses manières est souvent une suite de l'indifférence.

Sur un lit plein de fleurs négligemment couchée,
On voit l'*affectation* qui grasseye en parlant,
Écoute sans entendre et lorgne en regardant,
Qui rougit sans pudeur et rit de tout sans joie,
De cent maux différens prétend qu'elle est la proie,
Et pleine de santé sous le rouge et le fard,
Se plaint avec mollesse et se pâme avec art.

AFFECTION. L'amitié est à l'*affection* ce que l'*affection* est à l'amour, c'est-à-dire que l'*affection* est le point intermédiaire qui unit l'amitié à l'amour.

AGACERIES. Les plus légères *agaceries* finissent quelquefois par se métamorphoser en galantes provocations.

AGE. Quelque vigilants que soient les soins que les femmes mettent à cacher leur *âge*, il se trahit presque toujours. — Le secret qu'une femme garde le mieux est celui de son *âge*.

Quel *âge* a cette Iris dont on fait tant de bruit ?
    Me demandait Cliton naguère.
    Il faut dis-je, vous satisfaire,
Elle a vingt ans le jour, et cinquante la nuit.

AGITATION. L'amour ne peut subsister sans *agitation*, car il cesse de vivre dès qu'il cesse d'espérer et de craindre.

AGNÈS. Jeune beauté qui semble n'avoir pas encore appris ce que c'est que l'amour.

Pour sa femme il choisit une *Agnès* de quinze ans,
    Bien dressée à fuir les galants.

    Vous vous donnez une peine inutile,
      Amans trompeurs, maris jaloux ;
    Ah ! croyez-moi, l'*Agnès* la moins habile,
      En sait encor plus long que vous.

AILES. La mythologie donne des *ailes* à l'amour pour que le beau sexe soit avisé que c'est un Dieu volage qui se fixe rarement.

    L'amour devrait être sans *ailes*
    Depuis qu'on veut les lui couper.

AIMABLE. Une belle femme n'est *aimable* que par son bon naturel.

Rien n'est beau que le vrai, le vrai seul est *aimable.*

Aimable d'innocence et belle de candeur.

AIMER. On n'est pas plus maître de toujours *aimer*, qu'on ne l'a été de ne pas *aimer*. — Ceux qui s'*aiment* d'abord avec la plus violente passion, contribuent bientôt, chacun de leur part à s'*aimer* moins, et ensuite à ne s'*aimer* plus. — Le véri-

sible amant n'*aime* rien tant que de sentir qu'i
aime , et de connaître qu'il est *aimé*. — Il *aime*
bien celui qui n'oublie pas ceux qu'il *aime*. —
L'homme *aimant* ne se croit heureux que lorsqu'i
aime et qu'il se croit *aimé*.

> Avant d'*aimer* on ne vit pas encore ;
> On ne vit plus dès qu'on cesse d'*aimer*.

J'*aimais* , seigneur, l'*aimais* , je voulais être *aimée*.

ALARMES. L'amour est un état continuel d'*alarmes* , tant qu'il dure le cœur en est plein. — Le jaloux malgré ses précautions et ses mesures éprouve au moindre incident les plus vives *alarmes*.

ALCOVE. Lieu ou l'amour cède son flambeau à l'hymen.

> Dans une *alcove* parfumée,
> Impénétrable au Dieu du jour,
> La pudeur sans être alarmée
> Dort sur les genoux de l'amour.

AMANT , AMOUREUX. Il suffit d'aimer pour être *amoureux* , il faut témoigner qu'on aime pour être *amant*. — On devient *amoureux* d'une femme dont la beauté touche le cœur ; on se fait *amant* d'une femme dont on veut se faire aimer. — On ne peut empêcher un homme d'être *amoureux* ; il ne prend guère le titre d'*amant* qu'on ne le lui permette. — On garde long-temps son premier *amant* quand on n'en prend pas un second. — Les *amans* se font à eux mêmes des chimères.

> *Amans* heureux , ...
> Soyez-vous l'un a l'autre un monde toujours beau
> Toujours divers , toujours nouveau
> Tenez-vous lieu de tout , comptez pour rien le rest

Je pars plus *amoureux* que je ne fus jamais.

Trop d'amour a trahi nos secrets *amoureux*.

Il n'est pour voir que l'œil du maître
Quant à moi, j'y mettrais encor l'œil de l'*amant*.

AMANTE, MAITRESSE. L'*amante* a des sentimens passionnés et souvent vertueux ; la *maitresse*
est plus légère et quelquefois galante. — La véritable *amante* est fidèle : bien des *maitresses* sont
volages.

AME. Dans le langage de l'amour, *ame* est presque synonyme de *cœur* : on dit, je vous aime de
toute mon *ame*, vous êtes la moitié de mon *ame*.

Vous qui vivez dans moi, vous l'*ame* de mon *ame*.

Alzire, chère Alzire, ô toi que j'ai servie
Toi, pour qui j'ai tout fait, toi l'*ame* de ma vie.

AMERTUME. L'amour sous une apparence de
douceur cache bien des secrètes *amertumes*.

Mille et mille douceurs y semblent attachées.
Qui ne sont qu'un amas d'*amertumes* cachées.

Le doux plaisir d'amour n'est pas sans *amertumes*.

AMI, AMITIÉ. L'*amitié* est une union des cœurs
si étroite qu'on ne saurait y remarquer de jointure.
— Une femme doit se conduire avec son amant de
manière à rester toujours son *amie*. — L'amour nait
brusquement, l'*amitié* se forme avec lenteur. —
Le temps qui fortifie les *amitiés* affaiblit l'amour.
— La douce voix de l'*amitié* est le plus sûr remède contre l'affliction. — Le véritable ami est le
plus grand de tous les biens. — L'*amitié* est la seule
passion que l'âge n'amortit pas. — Ne laissez pas
croître l'herbe sur le chemin de l'*amitié*. — L'*amitié*
de certaines femmes mérite mieux le nom d'amour
que l'amour de presque tous les hommes.

Amitié, nœud sacré, doux hymen de deux ames.

Amitié, don du ciel, plaisir des grandes ames.

> Présent des Dieux, doux charme des humains,
> O divine *amitié*, viens pénétrer nos ames :
>> Les cœurs éclairés de tes flammes
> Avec des plaisirs purs n'ont que des jours sereins,
> C'est dans les nœuds charmans que tout est jouissance;
> Le temps ajoute encore un lustre à la beauté :
>> L'amour te laisse la constance,
>> Et tu serais la volupté
>> Si l'homme avait son innocence.

Portrait de l'Amitié.

> J'ai le visage long et la mine naïve,
>> Je suis sans finesse et sans art :
> Mon teint est fort uni, ma couleur assez vive,
>> Et je ne mets jamais de fard.
> Mon abord est civil : j'ai la bouche riante,
>> Et mes yeux ont mille douceurs ;
> Mais, quoique je sois belle, agréable et charmante,
>> Je règne sur bien peu de cœurs.
> On me proteste assez, et presque tous les hommes
>> Se vantent de suivre mes lois ;
> Mais que j'en connais peu, dans le siècle où nous sommes,
>> Dont le cœur réponde à ma voix !
> Ceux que je fais aimer d'une flamme fidèle,
>> Me font l'objet de tous leurs soins.
> Quoique vieille, à leurs yeux je parais toujours belle ;
>> Ils ne m'en estiment pas moins.
> On m'accuse souvent d'aimer trop à paraître
>> Où l'on voit la prospérité ;
> Cependant il est vrai qu'on ne peut me connaître
>> Qu'au milieu de l'adversité.

AMORCES. Les *amorces* de la volupté cachent des piéges dangereux.

Craignez d'un vain plaisir la dangereuse *amorce*.

AMOUR. Sentiment par lequel le cœur se porte vers ce qui lui paraît aimable. — L'amour naît brusquement, sans autre réflexion, par tempéra-

ment ou par faiblesse, un trait de beauté, nous
fixe, nous détermine. — *L'amour* qui naît subitement est le plus long à guérir. — Les *amours* meurent par le dégoût, l'oubli les enterre. — *L'amour*
est un grand maître. — *L'amour* est crédule. — On
dit : brûler *d'amour*, languir *d'amour*, mourir
d'amour. — *L'amour* est un habile opticien, il sait
rapprocher les distances et embellir les perspectives.
— *L'amour* élève ou avilit l'ame, suivant l'objet qui
l'inspire. — *L'amour* est comme la peur, il fait
croire à tout. — *L'amour* se fait entendre des êtres
les plus simples ; il porte avec lui un charme qui
trouble leur indifférence ; et les yeux de deux jeunes
amants ont un langage dont la douceur pénètre ceux
même qui n'ont jamais aimé.

J'appéle *amour* cette atteinte profonde,
L'entier oubli de soi-même et du monde,
Ce sentiment soumis, tendre ingénu,
Prompt, mais durable, ardent, mais soutenu,
Qu'émeut la crainte et que l'espoir enflamme,
Ce trait de feu qui des yeux passe à l'ame,
De l'ame aux sens ; qui fécond en désirs
Dure et s'augmente au comble des plaisirs ;
Qui plus heureux n'en est que plus avide ;
Voilà le Dieu de Tibulle et d'Ovide.

L'inévitable *Amour* perce des mêmes traits
L'homme et les animaux, le maître et les sujets ;
Sur des ailes de feu l'*Amour* parcourt le monde,
Il embrase les airs, il brûle au sein de l'onde ;
La baleine pour lui bondit au sein des mers,
Pour lui l'ardent lion rugit dans les déserts,
La jeune dans le Nord reconnaît son empire,
Et son feu vit encore où le soleil expire.

> Il est aimable quand il pleure,
> Il est aimable quand il rit,
> On le rappelle quand il fuit,
> On l'adore quand il demeure.

(15)

C'est le plus aimable boudeur
Qui soit de Paris à Cythère ;
C'est le plus aimable imposteur
Qui soit né pour tromper la terre ;
Il fait vingt sermens aujourd'hui,
Et demain il les désavoue :
On sait quand il blesse qu'il joue,
Et l'on veut jouer avec lui.

LES DEUX AMOURS.

Certain enfant qu'avec crainte on caresse,
Que l'on connaît à son malin souris,
Court en tous lieux précédé par les ris,
Mais trop souvent suivi de la tristesse.
Dans le cœur des humains il entre avec souplesse,
Habite avec fierté, s'envole avec mepris.
Il est un autre *Amour*, fils craintif de l'estime,
Soumis dans ses chagrins, constant dans ses désirs,
Que la vertu souvent, que la candeur anime,
Qui résiste aux rigueurs et croît dans les plaisirs.
De cet amour le flambeau peut paraître
Moins éclatant ; mais ses feux sont plus doux :
Voila le dieu que mon cœur veut pour maître,
Et je ne veux le servir que pour vous.

L'*Amour* constant est comme un lac paisible,
Profond , égal , toujours beau , toujours clair.
Inaccessible aux tempêtes de l'air ,
Qui , sans chercher le tribut d'autres ondes ,
Se régénère en des sources fécondes.
L'*Amour* volage est semblable au torrent ;
Il tombe , il roule , il fuit en murmurant :
Tari bientôt dans sa source égarée ,
Né d'un orage , il en a la durée.

AMOUR-PROPRE. La nature de l'*amour-propre* étant de n'aimer et de ne considérer que soi , fait que les amans qui ont beaucoup d'*amour-propre* ont peu d'amour véritable. — L'*amour-propre* est le microscope qui grossit à nos yeux nos propres vertus et les défauts d'autrui. — L'*amour-propre* est le plus grand des flatteurs.

L'amant qui loue est l'amant couronné ,
Avant l'amour l'*amour-propre* était né.

AMOURETTE. Amour passager sans attachemen solide.

APPAISER. Les femmes aiment à être *appaisées* surtout lorsque leur colère est feinte.

Appaise , ma Climène , *appaise* ta douleur.

APPAS. On soupire pour les *appas* d'une belle femme et bien souvent ce sont des *appas* menteurs qui trompent les désirs et les espérances.

Qu'il est doux d'adorer tant de divins *appas.*

Le sourire embellit l'orgueil de ses *appas.*

La timide pudeur relève ses *appas.*

De vos boudoirs l'enceinte parfumée ,
Ces longs tapis étendus sous vos pas ,
Ne valent point la chaumière enfumée
Qu'embelliront de modestes *appas.*

ARC. Comme la détonation aurait trahi les coups que l'amour dirige contre nos faibles cœurs , il a préféré malgré l'invention de la poudre , conserver , son *arc* et ses flèches.

ARDEUR. Le vrai moyen de conserver aux amans l'*ardeur* dont ils sont embrasés , c'est de ne jamais la satisfaire.

Par un baiser ravi sur les lèvres d'Iris ,
De ma fidèle *ardeur* j'ai dérobé le prix.

Hé quoi ! vous me jurez une éternelle *ardeur*
Et vous me la jurez avec cette froideur.

ARMES. Tout prête des *armes* à la volupté.

Nos soupirs sont nos seules *armes*.

Oui , je sens à regret qu'en excitant vos larmes
Je me fais contre moi que vous donner des *armes*.

ARRÊT. Pour faire révoquer les *arrêts* de l'amour il faut en appeler au temps , à la raison , à l'inconstance et principalement à une longue absence.

Cessez de murmurer contre un *arrêt* si doux.

ARRHES. Jeune filles craignez de donner des *arrhes* à l'amour ; ce Dieu exigeant à peine a-t-il reçu des *arrhes* , qu'il veut tout avoir.

ART. L'*art* perfectionne la nature. — La nature peut infiniment plus que l'*art*.

Vous qui sortez de l'âge le plus tendre ,
Beautés sans *art* gardez-vous bien d'en prendre.
Tout plaît dans vous sans *art* et sans apprêt ,
Un défaut même est souvent un attrait.

ARTIFICE. Un cœur ingénu est sans dissimulation et sans *artifice*.

Le cœur d'une coquette est rempli d'*artifices*.

D'un perfide sourire employant l'*artifice*.

ASPIRER. Je conseille à l'amant d'être officieux et complaisant à l'égard de tous ceux qui peuvent lui être utile auprès de la personne à qui il *aspire.* — Je n'*aspire* qu'à vous plaire.

La bouche de l'amour semble *aspirer* les flammes.

ASSIDUITÉS. Une femme qui souffre des *assiduités*, fais les premiers frais d'une déclaration d'amour.

> Quelle est cette foule sans nombre
> D'amans autour d'elle *assidus.*

Il n'avait plus pour moi cette ardeur *assidue.*

ASSORTIR. Pour faire qu'un mariage soit heureux, il faut *assortir* les personnes.

Et par ce doux rapport les ames *assorties.*

> Il faut des époux *assortis*
> Dans les liens du mariage,
> Jeunes femmes et vieux maris
> Feront toujours mauvais ménage.

ATTACHEMENT. Quand on a cessé d'avoir de l'amour on conserve encore un long *attachement* pour la personne que l'on a aimé.

ATTEINTE. Les cœurs volages ressentent légèrement les *atteintes* de l'amour, les cœurs sensibles en sont plus profondément pénétrés.

> Tandis que ce héros me tint sa prisonnière,
> J'ai pu toucher son cœur d'une *atteinte* légère.

ATTENDRIR. Les femmes s'*attendrissent* aisément. — On s'*attendrit* toujours aux doux reproches et aux larmes de l'objet qu'on aime.

Ses larmes, ses soupirs m'ont *attendri* le cœur.

Peut-être a-t-il un cœur facile à s'*attendrir.*

ATTENTE . L'*attente* a quelque charme ; mais il ne faut pas qu'elle se prolonge trop long-temps.

ATTENTIONS. Les plus petites *attentions* flat_tent, elles suffisent quelquefois à se faire aimer, elles n'échappent jamais à un cœur bienveillant.

ATTIÉDISSEMENT. Quand la personne que vous aimez ne souffre plus votre présence qu'avec une inquiétude et une impatience mal déguisée, vous pouvez être certain qu'à votre égard, son cœur tombe dans l'*attiédissement*

ATTRAITS. La beauté est un puissant *attrait*. — Il ne faut que certain traits intéressans ou piquans pour avoir des *attraits*. — Avec des *attraits*, une femme est agréable, même sans être absolument jolie, elle plait. — Les *attraits* inspirent le penchant.

Quels que soient vos *attraits*, elle est encor plus belle.

AVANCES. Avec des amans d'une extrême timidité, quelques légères *avances* sont quelquefois indispensables; mais dans toute autre circonstance une femme doit être excessivement reservée surtout à l'egard d'un amant suffisant ou entreprenant. — Rien ne compromet plus une femme, que de faire des *avances*, même aux yeux de son amant.

AVEU. Pour le beau sexe rien ne coûte plus que le premier *aveu*.

L'*aveu* de mon amour sans doute vous offense.

AVERSION. Rien n'excite plus la juste *aversion* d'une femme que l'indiscrétion et l'infidelité d'un amant.

AVEUGLE. L'amour est *aveugle* et l'amour rend *aveugle*.

Je me livre en *aveugle* au transport qui m'entraine.

A mon *aveugle* amour tout sera légitime.

AZUR. En parlant des yeux bleus on dit : des yeux d'*azur*, l'*azur* de ses beaux yeux

BAISER. Rien de plus doux que le premier *baiser* d'amour.

> Ce front d'albâtre
> Que ma bouche au milieu du tumulte et des ris
> Effleurait d'un *baiser* rapidement surpris.

L'ardeur de ses *baisers* coule au fond de mon âme.

> Un long *baiser*
> Vient m'embraser de son humide flamme.

BANDEAU. L'amour est représenté un *bandeau* sur les yeux pour marquer qu'il s'inquiète peu des blessures qu'il fait.

> L'amour est un enfant qui veut être conduit ;
> L'espérance est son guide en aveugle il la suit ;
> Il veut qu'on le séduise et non pas qu'on l'éclaire ;
> Voilà de son *bandeau* la cause et le mystère.

> Dans une obscurité profonde
> Il porte au hasard son flambeau ;
> Otez à l'amour son *bandeau*
> Vous rendez le repos au monde.

BEAUME. Un doux regard, quelques mots d'espérance versent un *beaume* adoucissant sur les plaies du cœur.

BEAUTÉ, BEAU, BELLE. L'innocence, la modestie et la simplicité ajoutent un grand charme à la *beauté*. — Il n'y a pas de syrène plus dangereuse qu'une *belle* coquette.

Dans le monde il n'est rien de *beau* que la vertu.

Il est aimé des grands, il est chéri des *belles*.

L'éclat de la *beauté* frappe, séduit subjugue.

Une *belle* d'un mot ajuste bien des choses.

Belle sans ornement , dans le simple appareil
D'une *beauté* qu'on vient d'arracher au sommeil.

Pourquoi s'applaudir d'être *belle* ?
Quelle erreur fait compter la *beauté* pour un bien
A l'examiner il n'est rien
Qui cause tant de chagrins qu'elle.
Je sais que sur les cœurs ses droits sont absolus,
Que tant qu'on est *belle* , on fait naître
Des désirs , des transports et des soins assidus ;
Mais on a peu de temps à l'être
Et long-temps à ne l'être plus.

BERGER , BERGÈRE. Dans le langage d'amour
ils veulent souvent dire : amant et amante. —
L'heure du *berger* est une heure propice aux amours.

L'aimable Déité qu'on adore à Cythère,
Du *berger* Adonis se fesait la *bergère*
Hélène aime Paris et Paris fut *berger*
Et *berger* on le vit les déesses juger.

BILLET. Les *billets* doux sont ainsi nommés parce
qu'ils ne contiennent que des douceurs et des
choses flatteuses.

Pour tromper l'absence barbare
Vénus même inventa les *billets* amoureux.

BLESSER, BLESSURES. L'amour est un **Dieu**
cruel qui fait souvent de dangereuses *blessures*.

Je sais que vos regards vont rouvrir mes *blessures*.

Supposons toutefois qu'encor fidèle et pure
La vertu de ce choc revienne sans *blessure*.

Eh quoi ! dans un âge si tendre,
On ne peut déjà vous entendre,
Ni voir vos beaux yeux sans mourir !
Ah ! vous êtes pour nous et trop jeune et trop **belle** ;
Attendez, petite cruelle,
Attendez pour *blesser* que vous puissiez guérir.

BOIS. La solitude, la fraîcheur, le silence **et**
la sombre verdure des *bois* plaît aux amans.

BONHEUR. Le *bonheur* en amour est plutôt idéal
que positif.

Je ne me vante point d'avoir en cet asile
Rencontré le parfait *bonheur* ;
Il n'est point retiré dans le fond d'un bocage ;
Il est encor moins chez les rois ;
Il n'est pas même chez le sage.
De cette courte vie il n'est point le partage ;
Il faut y renoncer, mais on peut quelquefois
Embrasser au moins son image.

Le *bonheur* de vous plaire est le seul où j'aspire.

Faut-il que je dérobe, avec mille détours,
Un *bonheur* que vos yeux m'accordaient tous les jours.

BONTÉ. Une femme ne doit jamais reprocher à
un homme les *bontés* qu'elle a eu pour lui, parce
que dans la langue de Cythère, *bontés* est synonyme
de faveurs.

Eh ! qui n'a pas senti l'inévitable empire
Qu'exerce la *bonté* sur tout ce qui respire.

BOUCHE. Les expressions et les pensées les plus communes et les plus vulgaires paraissent délicates et spirituelles dans une jolie *bouche*.

> De la rose qui vient d'éclore
> Sa *bouche* a les vives couleurs

Que sa *bouche* et son cœur sont peu d'intelligence.

Et ne voyais-tu pas dans mes emportements,
Que mon cœur démentait ma *bouche* à tous momens?

Les humides baisers de sa *bouche* brûlante.

Sur sa *bouche* de rose effleure un doux baiser.

BOUDERIES. Les petites *bouderies* entretiennent l'amour, les longues le tuent.

BOUDOIR. Le *boudoir* d'une belle est le temple de l'amour.

> Dans un *boudoir* on s'aime mieux
> Plus intimement on s'accueille.
> Rien ne se perd, tout devient précieux :
> Un geste, un mot, un rien, tout se recueille
> Là, vers la fin du jour, la simple vérité,
> Honteuse de paraître nue,
> Pour cacher sa rougeur cherche l'obscurité.
> Là, la confidence ingénue
> Rapproche deux amis ; et si quelque soupir
> A l'un des deux se laisse entendre,
> Sentez-vous avec quel plaisir
> Il devine les pleurs qu'à l'autre il fait répandre ?

BOUQUET. *Voyez* FLEURS.

BOUTONS. Les amans ou le poètes comparent souvent les deux bouts qui terminent le sein à des *boutons* de rose.

> Dans le jardin de Flore,
> Rival heureux du papillon,
> Zéphir caresse le *bouton*
> De la rose qui vient d'éclore.

> Les deux *boutons* qui colorent ce sein,
> Ressemblent bien à deux *boutons* de rose
> Qui charment l'œil, en invitant la main.

> Et ce beau sein dont le *bouton* naissant
> Cherche à percer le voile transparent.

BROUILLERIE. Les amans qui s'aiment froidement ne se *brouillent* jamais.

BRULER. L'amour non partagé et qu'on ne peut guérir est un poison qui *brûle* dans le cœur. — Un amour passionné est un feu cruel qui *brûle* et dévore.

> Il n'en faut pas douter, vous aimez, vous *brûlez*,
> Vous périssez d'un feu que vous dissimulez.

> Héloïse aime et *brûle* au lever de l'aurore,
> Au coucher du soleil elle aime et *brûle* encore,
> Dans la fraîcheur des nuits elle *brûle* toujours.

CAJOLERIES. Les *cajoleries* sont les préludes des caresses, quand on se plaît dans les *cajoleries* on fait présumer qu'on ne repoussera pas les **caresses**.

CALOMNIE. La *calomnie* est un assassinat, et les *calomniateurs* le savent bien, puisqu'ils ne *calomnient* que pour blesser cruellement et mortellement. — Une jeune personne belle et vertueuse était sur le point d'épouser un jeune homme riche qu'elle aimait. Une dame dans un cercle laissa tomber négligemment ces mots : Quel dommage qu'une si belle personne ait une intrigue secrète avec son maître de dessin qui habite le même toit qu'elle. Quelques mois après la fille de cette dame était l'épouse du jeune homme, et l'an ne s'était pas écoulé qu'un cercueil renfermait les beaux restes de la jeune personne si indignement *calomniée*. — Une mauvaise langue est plus aiguë que la pointe d'une épée. — On ne triomphe de la *calomnie* qu'en la dédaignant. — La *calomnie* est comme une tache d'huile, on s'efforce de l'ôter, mais la marque reste.

> Son art ressemble à la nature,
> Son fard imite la beauté :
> Sa bouche embellit l'imposture
> Des charmes de la vérité.
> A sa voix le soupçon s'éveille,
> L'ignorance dresse l'oreille
> L'envie attentive sourit :
> La raison se tait et soupire,
> L'innocence flétrie expire :
> On la craint, mais on l'applaudit.
> A ces traits vous reconnaissez

Du mérite éclatant l'implacable ennemie.
Car, quand on a connu deux humains, c'est assez
> Pour connaître la *calomnie*.

CANDEUR. Les coquettes se parent souvent d'un faux air de *candeur*.

Et le front virginal, symbole de *candeur*
Rougit en approchant d'une honnête pudeur.

CAPRICES. Si les femmes n'avaient point de *caprices*, elles enchaîneraient plus long-temps la raison des hommes. — Le *caprice* est tout près de la beauté pour être son contrepoison. — Rien de si varié que les *caprices*, chaque femme a les siens.

Le caprice est toujours si près de la beauté.

CAPTIVER. Les coquettes excellent dans l'art de *captiver* elles enveloppent le cœur des homme d'un réseau invisible, ils se trouvent enchainés sans s'en être doutés.

Et déjà son amour lassé de ma rigueur
Captive ma personne à défaut de mon cœur.

CARESSES. Rien de si doux que les *caresses* lors-qu'elles ne sont pas trompeuses.

CARQUOIS. Le *carquois* de l'amour est inépuisable.

L'amour a deux *carquois* :
L'un est rempli de ses traits pleins de flamme,
Dont la douceur porte la paix dans l'ame,
Qui rend plus purs nos goûts, nos sentimens,
Nos soins plus vifs, nos plaisirs plus touchans.
L'autre n'est plein que de flèches cruelles,
Qui, répandant les soupçons, les querelles,
Rebutent l'ame, y portent la tiédeur,
Font succéder les dégoûts à l'ardeur.

CEINTURE DE VÉNUS. Lorsqu'une belle connaît toutes les ressources de l'art de plaire, on dit qu'elle possède la *ceinture de Venus*.

Cytherée à ces mots d'une main complaisante :
Détachant sa *ceinture* à Junon la présente,

Dans les plis onduleux volligent enfermés
Tous les puissans attraits , les désirs enflammés ,
L'amour , ses doux refus , sa ravissante ivresse
Et les discours pressants , vainqueur de la sagesse.

CELADON. Homme d'un certain âge qui affecte de beaux sentimens en matière de galanterie.

Quoi ! tu gémis d'un inconstance ,
Tu pleures , nouveau *Celadon* ,
Ah ! le trouble de ta raison
Fait honte à ton expérience.

CESSER. C'est presque toujours la faute de celui qui aime , de ne pas connaître quand on *cesse* de l'aimer.

Mon cœur ne *cessera* jamais de vous aimer.

CHAGRINS. Les *chagrins* marchent toujours à la suite des plaisirs.

Plaisirs d'amour ne durent qu'un moment ,
Chagrins d'amour durent toute la vie.

CHAINES. On dit que les *chaines* de l'amour sont dorées ; mais ce sont toujours des *chaines*. — Les *chaines* de l'amour sont des guirlandes de fleurs quand on s'aime bien.

D'un amour si parfait les *chaines* sont si belles.

C'est un amant soumis qui se plaît dans ses *chaines*.

CHALEUR. Pour peu qu'un amant soit aimé , s'il met une vive *chaleur* dans la déclaration de ses sentimens , il sera heureusement écouté.

D'un amoureux transport écoutant la *chaleur*.

CHANGER , CHANGEMENT. On dit que les coquettes aiment le *changement* : non , car elles sont constantes dans leur coquetterie. ——

Eprise d'un inconstant ,
L'autre jour en soupirant ,
Chloris disait à Glycère :
Ne saurais-tu pas , ma chèr
Un secret qui d'un amant
Prévienne le *changement ?*
Si vraiment reprit Glycère ,
J'en connais un excellent :
C'est de *changer* la première.

CHARMANT. La personne la plus *charmante* cesse de l'être aux yeux de celui qui cesse de l'aimer.

CHARMES. Les *charmes* sont dans une jeune personne , le *nec plus ultra* de la beauté : avec des *charmes* , on ne demande pas si elle est belle, elle est plus que belle ; elle ravit , elle transporte.

Tout ressent de ses yeux les *charmes* innocents,
Les *charmes* de son cœur sont encor plus puissants.

Ses *charmes* ravissants enivrent ma raison.

CHARMER. Il suffit d'un doux regard , d'une parole tendre de l'objet qu'on aime pour que le cœur en soit aussitôt *charmé.*

O trop aimable objet qui m'avez trop *charmé.*

CHATOUILLER. Quand une personne craint le *chatouil* , on dit qu'elle a une propenssion à devenir jalouse.

La louange *chatouille* et gagne les esprits.

Souriant d'un souris malin
A ces paroles *chatouilleuses*
Qui font baisser un œil malin
A mesdames les précieuses.

CHER. Les chagrins que les parens font éprouver aux amans les rendent encore plus *chers* l'un à l'autre.

CHEVEUX , CHEVELURE. Des beaux *cheveux* sont chez l'homme une marque de force , et chez la femme un attrait et un ornement.

Sa *chevelure* noire
D'un teint de neige augmente encor l'éclat
Et descendant sur un col délicat
Offre l'ébène à côté de l'ivoire.

Et d'une main craintive il délie les nœuds
Qui retiennent captif l'or pur de ses *cheveux*.

Ses longs *cheveux* en boucles ondoyants.
Flottent sur sa taille légère.

CLAIRVOYANT. Quand l'amour veut tromper le plus *clairvoyant* n'y voit goute.

CŒUR. La clef des *cœurs* se trouve dans les yeux, car il suffit d'un doux regard pour qu'un jeune *cœur* s'ouvre au sentiment d'amour. — Le *cœur* ne se gouverne pas comme l'esprit : on ne lui persuade point ; c'est lui qui nous conduit. — *Cœur*, mot vague qu'on prodigue à tout propos ; on parle de son *cœur*, on aime de tout son *cœur* ! Les trois quarts des gens qui mettent leur *cœur* partout sont le moins sûrs d'en avoir un.

Le vertueux Ilys, à travers ma douleur
N'en a pas moins trouvé le chemin de mon *cœur*.

Le barbare sans doute avait un *cœur* d'acier,

Son *cœur* n'est pas plus dur que le plus dur rocher.

Son *cœur* n'est pas de bronze on pourra le toucher.

Un *cœur* tout neuf
Est comme un œuf
Que l'amour couve sous son aile.
En l'animant
Tout doucement
Par une chaleur naturelle,
Un temps viendra

Qu'il éclora
Ce joli petit *cœur* de fille,
Comme un petit oiseau qui sort de sa coquille.

Cœur qui soupire
N'a pas ce qui désire.

COLÈRE. La *colère* contre ceux qu'on aime n'est jamais une véritable *colère*. — Les *colères* des amants sont comme les orages d'été, qui ne font que rendre la campagne plus verte et plus belle.

COLOMBE. Emblême de la fidélité.

L'amoureuse *colombe*,
Respirant la concorde et l'aimable douceur,
Constante dans ses feux, sans fierté, sans aigreur,
Chérissant les doux fruits de son amour fidèle,
Sert à tous les époux de règle et de modèle.

COMPAGNE. Il ne faut pas laisser qu'à l'amour le soin du choix d'une *compagne*.

Pou être heureux, à l'homme il faut une *compagne*.

Que fais-tu, dans ce bois, plaintive tourterelle ?
Je gémis, j'ai perdu ma *compagne* fidèle.

COMPASSION. C'est souvent par une tendre *compassion* que l'amour s'insinue dans le cœur d'une belle.

Hélas ! de son amour j'eus trop de *compassion*.

CONFIANCE. Trop de *confiance* en amour, entraîne bien des regrets amers. — Combien de belles dont la *confiance* a été trompée, pour avoir cru trop légèrement à la sincérité de leurs amans.

Quels effets voulez-vous de sa reconnaissance ?
Un peu moins de respect et plus de *confiance*.

CONFIDENCE. Besoin pressant en amour, mais dangereux à satisfaire.

Je fis un jour à l'amitié
De mes amours la *confidence*,
Je croyais que ma jouissance
En augmenterait de moitié.
Mon ami fit le bon apôtre,
Il était aimable et léger ;
Ma maîtresse aimait à changer :
Hélas ! je perdis l'un et l'autre.

CONGÉ. La chose la plus désagréable en amour c'est de recevoir son *congé*.

Le cruel, de quel œil il m'a *congédiée*

CONSOLATEUR. Le temps ou l'inconstance sont les seuls *consolateurs* de l'amour trahi ou malheureux.

Amant infidèle,
Trahi ou grondeur,
Redoute que ta belle
Ne cherche en sa douleur,
Un doux *consolateur*.

CONSOLATIONS, CONSOLER. Plus la personne qui vous *console* vous est chère, plus les *consolations* sont douces.

Elise votre cœur se *console* aisément.

L'ingrat de mon départ, *console* par avance.

Sur les aîles du temps la tristesse s'envole
On fait beaucoup de bruit et puis l'on se *console*.

La belle Inès perdit l'amant le plus fidèle
On la disait en pleurs ; un ami court chez elle
Il la trouve riant en face d'un miroir :
— Que vous me surprenez, dit-il à la donzelle,
Moi, vous croyant au désespoir,
Je venais *consoler* votre douleur cruelle :
— Ah ! lui repond soudain la belle,
C'était hier qu'il fallait me voir.

CONSTANCE , FIDÉLITÉ. En amour la *constance* empêche de changer , et fournit au cœur des ressources contre le dégoût et l'ennui d'un même objet; elle tient de la persévérance et fait briller l'attachement. — La *constance* ne suppose point d'engagement , la *fidélité* en suppose un. — On est *fidèle* en amour et *constant* en amitié , parceque l'amour semble un engagement plus vif que l'amitié. — La *fidélité* tient plus aux procédés , la *constance* aux sentimens. — Un amant peut être *constant* sans être *fidèle* , si en aimant toujours sa maîtresse , il brigue les faveurs d'une autre femme; il peut être *fidèle* sans être *constant* , s'il cesse d'aimer sa maîtresse sans néanmoins en prendre une autre. — La *constance* est la vertu des femmes , elles aiment toujours : il n'y a de différence que dans l'objet ; la femme coquette est *constante* à son goût de plaire, la femme galante , à ses plaisirs , la femme qui aime sincèrement à l'objet de sa tendresse.

Plus j'y pense

Plus je sens chanceler ma *constance.*

Une dame disait ,

> Où peut-on trouver des amans
> Qui nous soient à jamais *fidèles?*
> Il n'en est que dans les romans
> Ou dans les nids des tourterelles.

On lui répondit :

> Le cœur d'une femme
> Se tourne a tout vent,
> Son amour l'enflamme
> Et non son amant ;
> Ne comptez sur elle
> Ni sur ses soupirs :
> Quand elle est *fidèle*,
> C'est à ses plaisirs.

D'un inutile amour trop *constante* victime.

CONSUMER. Une âme sensible se *consume* de douleur et de regrets après une grande perfidie d'un amant qu'elle aime encore.

D'un amour malheureux son cœur est *consumé*.

Il me laisse sans fruit *consumer* ma tendresse.

CONTRARIER. Le lierre ne s'attache pas plus fortement à l'ormeau qu'une femme à l'amant sur lequel on la *contrarie*.

CONTRE-TEMPS. Rien ne chagrine plus les amoureux que des fâcheux *contre-temps*.

Il est des *contre-temps* qu'il faut qu'amour essuye.

CONTOUR. Une taille élégante avec des *contours* agréables et pleins de graces, embellissent une personne laide.

D'un corps charmant les *contours* arrondis.

COQUET , COQUETTE. L'unique occupation d'une femme *coquette* est de paraître belle et aimable, dominée par la légéreté , la vanité et la fausseté, elle ne s'engage jamais et ne cherche qu'à séduire : son triomphe est d'avoir beaucoup d'amans ; elle n'en aime aucun , car les sens ni le cœur n'entrent pour rien dans ses sentimens ; elle n'a qu'une seule passion : c'est l'amour propre. — Une *coquette*

qui prend un amant ressemble à un souverain qui
abdique.

Parlons à cœur ouvert et confessons la dette,
Je suis un peu *coquet*, tu n'es pas mal *coquette*.

Ah ! si pour mon malheur ma femme était jolie
Je serais le martyr de sa *coquetterie*.

Portrait d'une Coquette.

Une fille de Crète aborda l'immortelle (Vénus).
Des flots d'adorateurs s'empressaient autour d'elle,
A l'oreille de l'un elle parlait tout bas ;
Elle accordait à l'autre un souris plein de charmes ;
Sur un troisième encore elle appuyait son bras.
O ciel ! que dans la foule elle causa d'alarmes !
Combien elle était belle et parée avec art !
Sa voix était perfide, ainsi que son regard :
D'une divinité la démarche est moins fière.....
Mais Vénus lui cria : « Sors de mon sanctuaire :
» Oses tu bien porter ton manége imposteur
» Jusqu'aux lieux où l'amour règne avec la candeur !
» Je veux qu'à ta beauté ce même orgueil survive.
» Je te laisse ton cœur, et détruis tes appas ;
» Les hommes te fuiront comme une ombre plaintive,
» Et le mépris vengeur attaché sur tes pas
» Poursuivra chez les morts ton ame fugitive. »

CORAIL. Pour faire l'éloge d'une jolie bouche on
dit : une bouche de *corail*, de lèvres de *corail*.

Une lèvre où s'empreint la rougeur du *corail*,
De la blancheur des dents relève encor l'émail.

CORPS. On dit d'une personne d'une taille agréable qu'elle a le *corps* bien dégagé, bien propor-
tionné.

Du lis et de la rose une teinte légère
Relevait de son *corps* les contours gracieux.

COU. Les amans et les poétes dans leur langage
flatteur disent : un *cou* de satin, un *cou* d'albâtre.

Un fil d'or renouant ses tresses vagabondes ,
Sur les lis de son cou laisse flotter les ondes.

COUR. Les coquettes aiment qu'on leur fasse la cour.

Il honore les grands , il fait la *cour* aux belles.

COURONNER. Récompenser un tendre amour.

Qu'un doux hymen *couronne* leur amour.

Oui , dès ce soir , je *couronne* vos vœux.

CRAINTE. Rarement l'amour et la *crainte* vont ensemble.

CRÉDULITÉ. Est-il une *crédulité* qui surpasse celle des amans? oui , c'est celle des époux.

CRUAUTÉ. Heureuse et paisible la femme dont l'amant se plaint de sa *cruauté*.

Cruelle , cruelle , avec des yeux si doux.

Il ne faut pas qu'une beauté
Ait trop d'amour ou trop de *cruauté*.

CUEILLIR. Manière délicate d'exprimer que l'on prend un baiser. — On *cueille* une rose sur un rosier, on *cueille* un doux baiser sur une jolie bouche.

Ma bouche avait des baisers précurseurs
Cueilli déjà les premières douceurs.

CUPIDON. Noms que la mythologie donne à
l'amour.

Cupidon sous les lois de la simple nature
Régit tout ce qui sait soupirer ici bas.

CURIOSITÉ. Un des plus grands défauts du beau
sexe.

Rien n'échappe aux regards de notre *curieuse*.

D'un besoin *curieux* l'invincible ascendant.

CYPRIS, CYPRINE. Surnom donné à Vénus, de
l'île de Cypre où elle avait un temple renommé.

L'époux de la belle *Cyprine*. (Vulcain).

Un jour que de Glycère accusant le mépris,
Il exhalait sa plainte un temple de *Cypris*.

CYTHÈRE, CYTHERÉE. On donne encore à Vénus le surnom de *Cythérée*, venant de l'île de
Cythère où Vénus fut portée sur une conque ma-
rine aussitôt après sa naissance. — Faire un voyage
à *Cythère* c'est se livrer aux plaisirs de l'amour.
— Les agaceries et les caresses des amans sont les
jeux de *Cythère*.

L'aimable déité qu'on adore à *Cythère*.

> Quel artiste au dela des airs
> A volé jusqu'à l'empirée,
> Pour dérober les traits divers
> Dont il nous a peint *Cythérée*,
> Sortant du vaste sein des mers.

DANGERS. Il n'est pas de péril plus imminent
pour une belle que les *dangers* où nous entraîne
l'amour ; celle qui s'y expose étourdiment ou qui
les affronte imprudemment court grand risque d'y
perdre son honneur et son repos.

Il ne vous fera point affronter de *danger*,
Qu'avec vous son amour ne veuille partager.

DÉCENCE. La décence est le plus bel ornement
de la beauté.

DÉCLARATION D'AMOUR. Rien de plus aisé à
faire pour un amant entreprenant ou suffisant ;
rien de plus difficile à un amant timide.

DÉDAIN. Telle personne qui affecte beaucoup de
dédain est souvent plus que facile. — Le *dédain*
est le contraire de l'affabilité.

DÉFAUT. L'on ne voit dans l'amitié que les *défauts* qui peuvent nuire à nos amis : l'on ne voit
en amour dans les *défauts* de ce qu'on aime, que
ceux dont on souffre soi-même. — C'est par ses
défauts que l'on gouverne ceux dont on est aimé.

DÉFIANCE. En amour, la *défiance* est un ver
rongeur qui dévore le cœur.

L'excès de mon bonheur me met en *défiance*.

L'amour est *défiant* quand l'amour est extrême.

DÉGOUT. Quand les *dégouts* arrivent, adieu l'a-
mour.

DÉGUISEMENT. Il n'y a point de *déguisement* qui
puisse longtemps cacher l'amour où il est, ni le
feindre où il n'est pas.

DÉLICATESSE. Quelque *délicat* que l'on soit en
amour, on pardonne plus de fautes que dans l'amitié. — Pour plaire à une personne bien élevée et d'un
goût *délicat*, son amant doit montrer beaucoup de
délicatesse dans les sentimens et dans l'expression de
ces sentimens.

DÉLICES. On dit en parlant d'une personne qu'on
aime avec ardeur : elle fait les *délices* de mon ame.

D'un amour inconnu savourant les prémices
Son cœur goûte en secret d'ineffables *délices*.

DÉLIRE. Les amans passionnés portent l'amour
jusqu'au *délire*.

Dans l'excès du *délire* où la raison s'égare.

DÉMARCHE. Les Parisiennes ont la *démarche* légère et dégagée. — La *démarche* noble, modeste et
aisée n'est pas une des moindres grâces de la jeunesse.

Allez, et laissez-moi quelque fidèle guide
Qui conduise vers vous ma *démarche* timide.

DÉMON. En parlant d'une personne jalouse, on
dit qu'elle est tourmentée du *démon* de la jalousie.
— Une méchante femme est un vrai *démon*.

Quel *démon* vous irrite et vous porte à médire.

DENTS. Dans le doux parler d'amour on dit : des
dents blanches, émaillées, d'ivoire.

Cette bouche où brillaient tant de riches trésors,
Des perles au dedans, des rubis au dehors.

Près de ses lèvres ravissantes,
Trente-deux perles éclatantes
Que polit la main de l'amour,
Ressemblent aux pleurs que l'aurore,
Répand au matin d'un beau jour.

DÉPIT. Combien de jeunes personnes ont renoncé
au monde, victimes d'un *dépit* amoureux.

Le *dépit* prend toujours le parti le moins sage.

DÉPLAISIR. Les *déplaisirs* sont fréquents en amour,
mais un des plus amers c'est l'ingratitude d'un
amant à qui l'on n'a rien refusé.

D'un *déplaisir* secret mon cœur se sent atteint.

Mais toujours quelque e pour finir mes *déplaisirs*.

DÉPOSITAIRE. Un confident discret est le fidèle
dépositaire des secrets de l'amour.

> J'engage la jeune Isabelle
> D'être discrète en ses secrets d'amour
> Le plus souvent on rencontre toujours
> Un *dépositaire* infidèle.

DÉSESPOIR. On passe facilement en amour du
désespoir à l'espérance et de l'espérance au *désespoir*.

> C'est un beau *désespoir* d'amant
> Qu'un baiser de Chloris dissipe en un moment.

DÉSIRS. La belle qui sait cacher et maîtriser ses
désirs possède et domine plus long-temps le cœur de
son amant. — De nouveaux *désirs* naissent chez la
femme des *désirs* accomplis, c'est presque toujours
le contraire chez l'homme.

Le dégoût suit souvent le *désir* satisfait.

La flamme du *désir* brille en ses yeux humides,
Elle était dans cet âge où la tendre innocence
D'un *désir* inquiet éprouvant la langueur
Commence à soupçonner que son indifférence
Pourrait bien n'être pas tout-à-fait le bonheur.

DÉSOLER. Au moment où deux amans qui s'aiment
bien sont forcés de se séparer, leurs cœurs sont
vraiment *désolés*.

> Près de Cypris qui se *désole*
> On voit l'amour qui la console.

DÉSORDRE. Fille qui veut se marier doit éviter
que sa mise, sa coiffure, son arrangement soient
en *désordre*.

DÉTACHER. Les ames sensibles craignent de s'at-
tacher parce qu'elles se *détachent* avec peine. — Les
cœurs portés à l'inconstance s'attachent aussi légèrement qu'ils se *détachent*.

DEVINER. Une femme a *deviné* qu'elle est aimée, long-temps avant qu'on ait osé le lui dire.

DETTE. Il y a une *dette* dont nous ne pouvons guères nous affranchir, c'est celle de l'amour.

DEVISE. Quoique la *devise* des amans soit : plutôt mourir que changer, il en est peu qui meurent et beaucoup qui changent.

DIFFICILE. Rien de plus *difficile* à connaître que le cœur d'une femme.

DIFFICULTÉ. L'amour s'irrite et s'anime par la *difficulté.*

L'aiguillon de l'amour est la *difficulté :*
Ses charmes sont détruits par la félicité
  Dès qu'il est paisible il sommeille :
S'il n'a point de frayeur, il n'a point de désir.
L'assurance l'endort, la crainte le réveille ;
Et s'il acquiert sans peine, il jouit sans plaisir.

DIGNE. Une des principales causes du malheur des femmes, c'est que le plus *digne* d'être aimé ne l'est pas toujours.

DISCORDE. Si les amans savaient se suffire, on verrait rarement la *discorde* les séparer.

> Pour être heureux
> Il suffit d'être deux,
> Bien souvent un tiers
> Mets la *discorde* en travers.

DISPUTER. Les amans qui se *disputent* toujours cesseront bientôt d'être amans.

DISSIMULER. Les femmes, mieux que les hommes, savent *dissimuler* leurs imperfections ; mieux qu'eux aussi, elles savent *dissimuler* leurs sentimens.

Vous périssez d'un mal que vous *dissimulez.*

DOT. La candeur, la modestie, la bonté et la vertu, sont des qualités si précieuses qu'elles devraient être préférés à la plus riche *dot*.

DOUCEUR. On prend plus de mouches avec une assiette de miel qu'avec un tonneau de vinaigre. — Tout par *douceur* rien par force.

Quelle *douceur* extrême
De se voir caresser d'une épouse qu'on aime.

DOUCEREUX. Belles, méfiez-vous d'un amant *doucereux*, rarement la douceur est dans le cœur de celui q'ii s'efforce de la feindre.

Je laisse aux *doucereux* ce langage affecté.

DOULEUR. Les *douleurs* de l'Amour sont vives mais courtes. — La perfidie d'une personne chérie brise le cœur de *douleur*.

Elle épuise en pleurant la coupe de *douleur*.

Vous triomphez, cruelle, et bravez ma *douleur*.

La *douleur* qui se tait n'en est que plus cruelle.

DOUTE. Le *doute*, en amour, est souvent plus cruel que la certitude.

DUPE. Il n'est pas de jeux où il se fasse plus de *dupes* qu'au jeu d'amour.

ÉBLOUIR. Une éclatante beauté *éblouit* et subjugue souvent les cœurs les plus froids. — Belles, ne vous laissez jamais *éblouir* ni par de belles promesses, ni par de beaux dehors, et encore moins par de belles apparences.

Elle peut m'*éblouir*, mais non pas me séduire.

ÉBRANLER. Les vertus de ce siècle sont faciles à *ébranler*.

Un cœur qu'amour *ébranle* est à demi vaincu.

ÉCLAIRCISSEMENT. Il est quelquefois dangereux en amour d'en demander.

Épargnez à mon cœur cet *éclaircissement*.

ÉCOUTER. Rien n'est si dangereux en amour que d'écouter : danger d'écouter des paroles douces mais trompeuses ; danger d'écouter aux portes et d'être surpris.

ÉCRIRE. Si les jeunes filles savaient combien est grande la souffrance d'un jeune cœur qui a donné à un amant volage et indiscret, une preuve *écrite* de sa tendresse, elles repousseraient à jamais l'idée de se compromettre par une amoureuse correspondance.

Ce commerce enchanteur,
Cet art de converser, sans se voir, sans s'entendre,
Ce muet entretien, si charmant et si tendre,
L'art d'*écrire*, Abeilard, fut sans doute inventé
Par l'amante captive et l'amant agité.
Tout vit par la chaleur d'une lettre éloquente,
Le sentiment s'y peint sous les doigts d'une amante :
Son cœur s'y développe, elle peut sans rougir
Y mettre tout le feu d'un amoureux désir.

ÉCUEIL. Les rendez-vous nocturnes sont les plus grands *écueils* de la vertu.

EFFORTS. Il n'en faut point pour aimer et beaucoup pour s'en défendre.

ÉGALITÉ. L'amour *égalise* toutes les conditions.

L'amour fier de ses droits, comme la liberté,
Rend l'homme à la nature, à son *égalité*.

ÉGAREMENT. Si les *égaremens* du cœur sont à
craindre pour une jeune fille, il est encore plus
dangereux pour son bonheur de *s'égarer* loin des
yeux de sa mère.

ÉLOGE. Un des grands moyens pour arriver à la
possession du cœur de l'objet qu'on aime, c'est de
faire l'*éloge* de ses qualités devant des personnes qui
sont à même de le lui répéter. — Lorsqu'une femme
est sensible aux *éloges* d'un homme aimable, c'est
chez elle un commencement d'amour.

Ne vous enivrez point des *éloges* flatteurs

Tout *éloge* imposteur blesse une ame sincère.

ÉLOQUENCE. Celle de l'amour dérive plus de la
nature que de l'art.

EMBELLIR. Le cœur d'une femme s'*embellit* de
ses bonnes qualités, comme un corps s'*embellit* par
une parure qui lui sied bien.

Tout s'*embellit* dans la nature
Aux yeux des amans fortunés.

EMBRASER. Le cœur d'une femme galante est
toujours *embrasé*, tantôt pour l'un tantôt pour l'autre ; celui d'une coquette ne l'est jamais et feint
toujours de l'être ; celui d'une femme aimante, et
dont la tendresse est vive et sincère ne l'est que
pour l'objet de ses affections.

EMBRASSER. Deux amans qui après une longue
absence s'*embrassent* tendrement, goûtent une des
joies de l'amour. — On doit se méfier de ceux qui
ont sans cesse les bras ouverts pour vous *embrasser*.

Nous ayant *embrassés*, elle nous assassine.

J'*embrasse* mon rival, mais c'est pour l'étouffer.

ÉMOTIONS. Tant que dure l'amour on vit dans de continuelles *émotions*, douces ou pénibles, selon le bonheur ou les contrariétés qu'on éprouve. — La coquette sait maîtriser ses *émotions*, le jeune fille candide les trahit par une vive et subite rougeur.

ENCENS. Le beau sexe se laisse facilement enivrer par la douce fumée de l'*encens*.

Puisse jusqu'à ton cœur, mes amoureux accents,
Monter comme l'odeur d'un agréable *encens*.

Que ne fait-on passer avec un grain d'*encens*.

ENCHAINER. Une éclatante beauté *enchaine* facilement les cœurs. — Les coquettes voudraient voir tous les hommes *enchainés* à leur char.

J'idolâtre la main qui me tient *enchainé*.

Moi-même à votre char je me suis *enchainé*.

ENCHANTEMENT. L'amour est un *enchantement* jouissons en sans l'analyser : Psyché perdit son bonheur par sa curiosité.

ENCHANTEUR. Tout ce qui tient à la personne d'une amante chérie, nous paraît *enchanteur*.

On oubliait ses attraits *enchanteurs*
Dès que sa voix frappait les auditeurs.

Son regard *enchanteur*
Vient d'enchaîner mon cœur.

Son doux regard sa voix *enchanteresse*.

ENCOURAGER. C'est en *encourageant* un amant qu'on le rend téméraire.

ENDORMIR. Une jeune fille qui se laisse *endormir* par de belles paroles et de belles promesses s'*endort* au bord d'un précipice.

ENDURCIR. Si je conseille aux belles de n'avoir pas le cœur *endurci*, je ne leur conseille pas pour cela de l'avoir trop tendre.

ENFANT. L'amour est un *enfant* dont les caresses sont aussi trompeuses qu'elles paraissent naïves. Mais de l'*enfant* allé redoutez le pouvoir.

ENFERMER. Rien de si ingénieux qu'une jeune personne *enfermée* pour trouver les moyens de s'échapper ou de faire parvenir de ses nouvelles à son amant.

Les verroux et les grilles
Ne font pas la vertu des femmes et des filles.

ENFLAMMER. La poudre n'est pas aussi subtile à *s'enflammer* qu'un jeune cœur de quinze à seize ans.

ENGAGEANT. Un homme qui a les manières *engageantes* réussit facilement auprès des belles.

ENGAGEMENT. Plus facile à former qu'à tenir. — Quelques femmes ont, dans le cours de leur vie un double *engagement* à soutenir, également difficile à rompre et à dissimuler, il ne manque à l'un que le contrat à l'autre que le cœur.

ENJOUÉ. Les personnes qui ont l'esprit et l'humeur *enjouée* plaisent toujours.

ENNUI. L'*ennui* est plus difficile à supporter que la douleur. — L'amant qui *ennuie* sa belle peut s'attendre à son congé. — Ce qui fait que les amans ne s'*ennuyent* pas ensemble, c'est qu'ils parlent toujours d'eux-mêmes. — L'*ennui* est la fin de l'amour, comme la vieillesse est la fin de la vie.

L'*ennui*, le triste *ennui*, triste enfant du dégoût.

ENTRAINER. L'amour nous *entraîne* par une pente si douce, qu'il nous fait faire en peu de temps beaucoup plus de chemin que nous ne l'aurions voulu.

ENTREPRENANT. Femme qui se sent le cœur

facile doit redouter et fuir un amant *entreprenant.*

ENTRETIENS. Les amans trouvent toujours que les doux *entretiens* sont trop courts. — Femme prudente agit de manière à ne jamais être *l'entretien* du public.

ENTREVUE. Rien de si doux et de si embarrassant que la première *entrevue* entre deux amans timides dont les yeux ont beaucoup dit sans que la bouche ait encore parlé.

ENVIE. Il suffit qu'une femme soit belle et vertueuse pour qu'elle excite l'envie. — *L'envie* sèche et dévore le cœur.

Sur le front de *l'envie* habite le chagrin,
Une affreuse maigreur a desséché son sein,
Le fiel rouille ses dents, son œil est faux et louche.
Le venin de son cœur distille de sa bouche.
Triste de notre joie, elle ne rit jamais
Que des maux qu'elle a vus et de ceux qu'elle a faits.

ÉPANCHEMENT. Les amans trouvent un charme inexprimable dans les doux *épanchemens* du cœur.

ÉPANOUIR. On reconnaît qu'un cœur *s'épanouit,* lorsque le sourire est sur les lèvres, une vive rougeur sur les joues et une douce langueur dans les yeux.

ÉPERDU. Une personne qui aime avec passion, est toute *éperdue* d'amour.

ÉPINE. Le plaisir est comme la rose, il n'est pas sans *épines*.

ÉPREUVES. Combien d'amans se sont mordu les doigts pour avoir mis à l'épreuve la fidélité de leurs belles.

ERREUR. L'amour est une douce *erreur*.
Tu perds la douce *erreur* qui charmait ta pensée.

ESCLAVAGE. La liberté est si peu compatible avec l'amour que les plaisirs les plus doux sont autant d'anneaux qu'on ajoute à sa chaîne, aussi les cœurs sont dans l'*esclavage* tant que l'amour les retient dans ses liens.

ESPRIT. En amour, l'*esprit* est la dupe du cœur.
ESPÉRANCE, ESPOIR. L'amour vit d'*esperances*.
— L'amour rebuté conserve toujours une ombre d'*espoir*.

> Salut, ô divine *espérance*,
> Toi, dont le charme séducteur
> Donne une aîle à la jouissance,
> Ote une épine à la douleur !
> Sur ton sein quand l'homme repose
> Qu'il goûte un heureux abandon !
> Si le plaisir est une rose,
> L'*espérance* en est le bouton.

D'un *espoir* si charmant je me flattais en vain.

ESSUYER. Les larmes perdent toute leur amertume, dès que la main de l'amour les *essuye*.

Quand une main si chère eut *essuyé* mes larmes.

Quels pleurs par un amant ne sont point *essuyés*.

ESTIME. Ce n'est qu'en conservant l'*estime* de l'objet de ses affections que l'amour arrive à un but légitime. — Etrange sentiment que l'amour, il ne peut naître sans l'*estime*, et cependant souvent il lui survit,

ÉTEINDRE. L'amour est comme le feu sacré, il *s'éteint* faute de soins.

C'est un feu qui s'*éteint* faute de nourriture.

Vous rallumez un feu qui ne pourra s'*éteindre*.

Les yeux *éteints* de nos froides coquettes.

ÉTINCELLE. Plus le regard est doux plus les *étincelles* qu'il lance sont vives et brûlantes.

ÉTUDE. Quand on aime bien, on n'a du goût que pour une seule *étude* : celle de charmer l'objet qu'on idolâtre.

ÉVANOUIR. Celle qui s'*évanouit* aisément succombe facilement.

ÉVÉNEMENT. Le premier amour est un des *événemens* de la vie dont on conserve toujours un doux souvenir.

EXAGÉRATION. Les complimens *exagérés* sont rarement sincères.

EXACTITUDE. Si l'*exactitude* est la politesse des rois, elle doit être aussi celle des amans, car rien de plus ennuyé et de plus souffrant qu'un malheureux amant, à qui on manque d'*exactitude* dans un rendez-vous galant.

EXAMEN. Si l'amour était moins aveugle, et qu'on ne se fixât sur un objet, qu'après un rigoureux *examen* de ses défauts et de ses qualités, nous courrions en amour de bien moindres dangers.

EXCÈS. Combien d'amans contre lesquels on aurait droit de se courroucer, qui s'excusent en vous disant : n'en accusez que l'*excès* de mon amour. Le moyen de se fâcher contre de si douces paroles ?

EXCLAMATION. Femmes soyez sobres d'*exclamations* : elles trahissent quelquefois la pensée la plus secrète.

EXCUSE. On est toujours prêt à *excuser* les torts de ceux qu'on aime. — Quand l'amant cherche une *excuse* c'est qu'il a tort.

EXEMPLE. *L'exemple* des maux que cause l'amour peut effrayer, mais ne corrige pas.

EXIGEANT. Un amant *exigeant* demande pour avoir ; une maîtresse *exigeante* veut avoir sans demander.

EXPIRER. Tout *expire* en amour, tout jusqu'à la vertu et puis, l'amour lui - même
Je veux vivre avec elle, avec elle *expirer*.

EXPLICATIONS. Les *explications* ne sont agréables qu'après une réconciliation.

EXPRESSIFS. Un signe, un geste, des regards *expressifs*, sont un langage si bien compris des amans, qu'il en est le plus éloquent.

EXPRESSIONS. Celles qui viennent du cœur vont droit au cœur de l'objet qu'on chérit.

EXTRAVAGANCES. Les femmes pardonnent aisé-ment les *extravagances* en amour parce qu'elles sont une preuve de sa sincérité.

EXTRÊME. On accuse le beau sexe d'être *extrême* dans sa haine comme dans son amour.

> Je vous aime
> D'amour extrême.

FACHER. Se *fâcher* à propos est un art à qui bien des belles doivent la conservation de leur honneur.

FACHEUX. Rien de si *fâcheux* pendant un doux entretien que l'arrivée d'un *fâcheux*.

FAIBLE, FACILE. Une femme *faible* est celle à qui l'on reproche une faute, qui se la reproche elle-même, dont le cœur combat la raison, qui veut guérir, et qui ne guérit pas, ou bien tard. — Une femme *facile* est une femme *faible* qui ne se reproche pas ses fautes et qui ne pense pas même à guérir. — On pardonne beaucoup à une femme *faible*, peu à une femme *facile*.

FAIBLESSE. Les femmes ne sont jamais plus fortes que lorsqu'elles s'arment de leur *faiblesse*.

FADEUR. Des complimens pleins de *fadeur*, une *fade* déclaration d'amour semblent être l'interprète d'un amour insipide.

FAMILIARITÉ. La *familiarité* engendre le mépris. — Quelque avancé que l'on soit dans le cœur d'une femme, la prudence exige d'éviter avec elle, la moindre *familiarité* dans le monde. — Une femme avisée ne souffre aucune *familiarité*.

FANTAISIE. Une maîtresse pleine de *fantaisies* fatigue bientôt un amant. — Une *fantaisie* en amour, est une passion passagère qui naît et meurt sans qu'on sache comment et pourquoi.

FANTASQUE. Le plus cruel souhait qu'on puisse faire à un homme c'est de lui désirer une maîtresse *fantasque*.

FAROUCHE. L'amour apprivoise la beauté la *farouche*.

FARD. Le *fard* est une composition qui a la propriété de rendre les vieilles femmes un peu plus laides, et les jeunes un peu moins jolies.

FAUSSETÉS. Le cœur d'une coquette est plein de *faussetés*.

FAUTE. Quelque délicat que l'on soit en amour on pardonne plus de *fautes* que dans l'amitié. — Une première chûte est une *faute*, qui sous bien des rapports, peut être excusable, une seconde *faute* ne l'est pas.

Je condamne sa *faute* en partageant ses larmes.

Rarement de sa *faute* on aime le témoin.

FAVEURS. Les femmes s'attachent aux hommes par les *faveurs* qu'elles leur accordent ; les hommes guérissent par ces mêmes *faveurs*. — Une femme dont on sollicite les *faveurs* est comme une énigme dont on cherche le mot : dès qu'on a pénétré l'un et l'autre, elles sont bientôt oubliées.

FEINDRE. Le beau sexe mieux que nous, sait attendrir par de *feintes* douleurs, et séduire par de *feintes* caresses.

L'art de *feindre* est un art où les femmes excellent.
Quelle fausse pudeur à *feindre* vous oblige.

FÉLICITÉ. L'amour la promet toujours et la donne rarement.

J'attends ou mon malheur ou ma *félicité*.

> Ne cherchons la *félicité*
> Que dans la paix et l'innocence.

> *Félicité* passée
> Qui ne peut revenir ·
> Tourment de ma pensée.
Que n'ai-je en te perdant perdu le souvenir !

FEMME. Une *femme* doit être elle-même sa sentinelle vigilante ; elle est entourée d'ennemis, elle en a dans sa tête, dans son cœur, dans toute sa personne. — L'homme est le feu, la *femme* l'étoupe et le diable le vent qui souffle.

> A peine connaît-ton
> La *femme* et le melon.

FEU. C'est des yeux que jaillissent les étincelles qui allument le *feu* de l'amour.

L'amour n'est pas un *feu* qu'on renferme en une ame :
Tout nous trahit, la voix, le silence, les yeux,
Et les *feux* mal couverts n'en éclatent que mieux.

Ce beau *feu* vous aveugle autant comme il vous brûle.

FIERTÉ. La *fierté* indispose l'amour ; cependant on est *fier* d'être aimé d'une personne belle et possédant de grandes qualités.

La grâce dans ses traits est jointe à la *fierté*.

Peut-on n'être pas *fière* et savoir qu'on est belle.

Contre un amant qui plaît pourquoi tant de *fierté*.

FIGURE. Une belle *figure* est une recommandation muette.

FILLE. Mariez votre fils quand vous voudrez et votre *fille* quand vous pourrez.

La garde d'une *fille* est un bien lourd fardeau.

Crois-tu que d'une *fille* humble, honnête, charmante,
L'hymen n'eût jamais fait de femme extravagante ?

  Choisis la vigne de bon plant
  Et la *fille* de bon parent.

  De vieux renard et jeune drille
  Garde bien ta poule et ta *fille*.

FINESSE Combien de femmes enveloppent leur *finesse* du voile de l'ingénuité.

  En amour le plus *fin* y est pris.

FIXER. Un jour l'amour ne trouvant point dans son carquois de flèches assez acérés pour percer et *fixer* le cœur d'une belle, s'adressa à Vulcain pour qu'il lui en forgeât une. — Impossible, répondit l'époux de Cypris, les plus pénétrantes que j'aie fabriqué, se sont détachées du cœur de ma femme, à la plus légère palpitation de son sein.

FLAMBEAU. Les amoureux sont comme les papillons, à force de tourner autour du *flambeau* de l'amour, ils finissent par s'y brûler.

Le *flambeau* de l'amour brûle au lieu d'éclairer.

FLAMME. Une *flamme* amoureuse s'allume plus facilement qu'elle ne s'éteint.

Je sens de veine en veine une subtile *flamme*.

L'on peut tracer en vers une amoureuse *flamme*.

FLATTERIE. La *flatterie* est une fausse monnaie qui n'a de cours que par notre vanité. — De tout ce qui *flatte*, ce que les femmes préfèrent, c'est le miroir *flatteur*.

FLÈCHE. Lorsqu'un cœur se sent percé par une des *flèches* de l'amour, la blessure semble d'abord douce et légère, mais peu à peu elle s'irrite et s'envenime.

FLÉCHIR. Le sourire d'une femme à laquelle on dit : ne vous laisserez vous jamais *fléchir?* est un indice que son cœur est près de *céder*.
Qui n'a jamais *fléchi* sous le joug amoureux?

FLEUR. La jeunesse est une *fleur* dont nous n'estimons pas assez le prix, par nos passions nous la flétrissons et le fruit qui en naît se gâte avant de mûrir.

    Je tomberai comme une *fleur*
    Qui n'a vu que l'aurore.

De *fleur* en *fleur*, de plaisirs en plaisirs
    Promenons nos désirs.

Son visage charmant à peine encor s'ombrage
De ce tendre duvet, la *fleur* du premier âge.

FLEURETTE. Qui sait bien conter *fleurette* réussit facilement auprès du beau sexe

Quand un galant bien fait, de bonne mine,
Me conte *fleurette*, croit-on
Que j'en suis chagrine?
Non.

FOI. On la donne, on la reprend, et on la trahit plus souvent qu'on ne la tient.

FOLATRE. Fille qui *folâtre* a le cœur léger.

FOLIE. On paye cher le soir les *folies* du matin. — Un petit grain de *folie* sied bien à l'amour.

FORCE. Tout par amour, rien par *force*.

FORTUNE (bonne). Belles, méfiez-vous des hommes qui se vantent de leurs *bonnes fortunes*.

Pour qu'on dise qu'il est homme à *bonne fortune*,
Il passe, dans l'hiver, la nuit au clair de lune.

FOSSETTE. Petits trous qui se forment au coin de la bouche de certaines personnes et qui rend leur rire très-agréable.

Lorsqu'un rire ingénu faisait épanouir
Ses lèvres qui semblaient deux fleurs à peine écloses,
Sur sa joue en voyait des *fossettes* s'ouvrir
Et naître du milieu des roses.

FOURBERIES. Les *fourberies* sont familières aux coquettes.

FRAGILE. Bien des femmes sont comme la porcelaine, belle et *fragile*.

FRIPON. Rien de plus *fripon* que le dieu d'amour.

L'amour est un enfant *fripon*

Il faut dans les jeux de Cythère,
A *fripon*, *fripon* et demi.
Trahis pour n'être point trahi
Préviens même la plus légère.

FROIDEUR. Les *froideurs* qui succèdent à une passion sont plus difficiles à supporter que celles qui a précédent. — La présence de ce qu'on aime console de tout, même de sa *froideur*.

Hé quoi ! vous me jurez une éternelle ardeur,
Et vous me la jurez avec cette *froideur !*

FRONT. Un beau *front* ennoblit la figure.
L'un montre un *front* d'airain où siége la valeur,
L'autre un *front* virginal où siége la pudeur.

FRUIT. La volupté peut-être comparée à un bel arbre dont les *fruits* sont amers.

FUGITIF. Le plaisir n'est qu'une ombre *fugitive.*

FUIR. Qui sait *fuir* à propos les dangers d'amour, conserve la paix du cœur.

Si je la haïssais je ne la *fuirais* pas.

FUREUR. L'amour dans une ame emportée, jalouse et extrême en tout, n'est plus qu'une violente passion qui approche de la *fureur*, pour peu qu'elle soit contrariée.

GAGES Une femme prudente reçoit des *gages* d'amour, mais n'en donne jamais.
De mon amour mon silence est le *gage.*

GAIETÉ. Une personne douée d'une aimable *gaieté* est ordinairement sincère dans ses affections.

GALANTERIE. Les femmes qui font parler d'elles, sont des femmes *galantes*. — Une femme *galante* est celle qui sacrifie sa réputation à ses affections. — On peut trouver des femmes qui n'ont jamais eu de *galanteries*, mais il est rare d'en trouver qui n'en aient jamais eu qu'une. — Une femme fière et honnête qui a connu les passions fortes dédaigne la *galanterie* comme l'ame qui a senti l'amitié dédaigne les liaisons communes. — Les hommes *galants* sont bien reçus des belles. — La *galanterie* auprès des dames sied bien à un jeune homme.

Enfin bornant le cours de tes *galanteries*,
Alcippe, il est donc vrai, dans peu tu te maries.

GARDER. Il est presque aussi difficile au beau sexe de *garder* son cœur que de *garder* un secret.

> *Garder* son cœur et son troupeau ,
> C'en est trop pour une bergère ,
> Quand tous les bergers du hameau ,
> Et tous les loups lui font la guerre.

GAZE. Un homme d'esprit tempère et *gaze* par des expressions choisies ce qu'une pensée aurait de trop libre. — Les femmes coquettes laissent entrevoir leurs charmes sous une *gaze* transparente.

Sur sa gorge d'albâtre une *gaze* étendue
Avec un art discret en permettait la vue.

> Tel le tissu d'une *gaze* légère
> Embellissant l'objet qu'elle semble cacher ,
> Invite l'œil à le chercher.

GAZON. S'il est doux de s'asseoir sur un banc de *gazon* , il est quelquefois dangereux de se coucher sur un lit de *gazon*.

GÉNÉROSITÉ. Il y a deux sortes de *générosité* en amour celle qui donne et celle qui pardonne : combien de femmes sollicitent à la fois l'indulgence d'un amant et des présents d'un autre.

GLACE. Les coquettes sous les dehors de la sensibilité cachent un cœur de *glace*.

Quand je suis tout de feu , elle est toute de *glace*.

GLISSER. Le beau sexe autant que la vieillesse doit craindre que le pied lui *glisse*.

Crois-tu que toujours ferme au bord du précipice ,
Elle pourra marcher sans que le pied lui *glisse*.

GLORIEUX. Un amant *glorieux* a trop bonne opinion de lui-même pour être suceptible d'un véritable attachement.

GOUT. Les dames qui ont le *goût* délicat , le prouvent autant dans le choix de leur parure que dans celui d'un amant.

GRACES. La bonne *grâce* est au corps ce que le bon sens est à l'esprit. — Il y a des femmes qui sans être jolies plaisent par un air et des manières *gracieuses*.

Une *grâce* modeste animait ses attraits

GRAVER. Il n'y a rien qui reste plus profondément *gravé* dans le cœur d'une amante délaissée que les traits d'un perfide séducteur.

GUÉRIR. En amour celui qui *guérit* le premier est toujours le mieux *guéri*.

HABITUDE. On voit souvent des liaisons qui dans le principe n'avaient été formées ni par l'estime , ni par l'amitié , ni par l'amour , et qu'une longue *habitude* conduit au mariage.

HAINE. La *haine* que la jalousie enfante est quelquefois implacable. — Tant qu'on *hait* beaucoup on aime encore un peu.

C'est à vous de choisir mon amour ou ma *haine*.

Une plante *haine*
Qu'en dépit de la paix me gardait l'inhumaine.

Sa *haine* va toujours plus loin que son amour.

    Il faut desormais que mon cœur
S'il n'aime avec transport *haïsse* avec fureur.

HALEINE. Si les jeunes gens de ce siècle savaient combien une *haleine* fétide et puante rend un baiser désagréable et dégoûtant, on ne les verrait pas toujours la pipe ou le cigare à la bouche.

Et lorsque tout formant d'une vineuse *haleine*
Sur vos pieds chancelants vous vous tenez à peine.

D'une *haleine* odorante exhale les vapeurs.

HARDIESSE. On pardonne la *hardiesse* à un amant aimé, on congédie aussitôt celui qui ne l'est pas.

HASARD. Le *hasard* se plaît souvent à servir l'amour ; les passions qui lui doivent sa naissance sont ordinairement les plus fortes.

HEURE. La plus longue en amour est celle de l'*attente*, la plus courte est celle du berger.

HEUREUX. Combien de femmes qui ont cessé d'être aimées, du moment qu'elles ont rendu leurs amants heureux.

HONNÊTETÉ. La fréquentation d'un homme connu par l'honnêteté de ses manières, de ses mœurs et de ses principes ne nuit pas à une femme *honnête*.

HONNEUR. Avoir du courage, de l'intégrité, de la fidélité à sa parole fait l'homme d'honneur : il ne faut qu'une chose à la femme, la sagesse.

HUMANITÉ. Sous tous les rapports l'homme doit être humain, et sous certains rapports la femme doit être inhumaine.

HYMEN. L'amour nous conduit jusqu'aux portes du temple de l'*hymen*, quelquefois il y entre avec nous, plus souvent il s'arrête sur le seuil.

> A mon avis l'*hymen* et ses liens,
> Sont les plus grands, ou des maux ou des biens.

> L'*hymen* a préparé la pompe triomphale,
>   Il embellit la robe nuptiale,
> Et par l'amant béni consacrant les désirs,
> Il fait d'un saint devoir le plus doux des plaisirs.

IDÉE. L'amour confond toutes les *idées* dans celles de l'objet aimé.

IDOLATRIE. On dit qu'un homme est *idolâtre* d'une femme pour dire qu'il en est follement amoureux. L'*idolâtrie* en amour peut être comparée au culte des faux dieux.

> Dans ses égaremens, mon cœur opiniâtre,
> Lui prête des raisons, l'excuse, l'*idolâtre*.

> Je l'aime avec fureur, jusqu'à l'*idolâtrie*.

IGNORANCE. Combien de jeunes filles qui ont perdu le repos et le bonheur en perdant leur *ignorance*.

ILLUSIONS. L'amour vit d'*illusions*.

La douce *illusion* de ce monde enchanté
Console les ennuis de la réalité,
Et de songes flatteurs entremêle et varie
L'uniforme tableau des scènes de la vie.

IMAGINATION. L'amour émeut captive et charme *l'imagination*; mais il est douloureux que les songes qu'elle enfante soient si souvent suivis d'un pénible réveil.

Et toi, charme divin de l'esprit et du cœur,
Imagination, de tes douces chimères,
Fais passer devant moi les figures légères,
A tes songes brillans que j'aime à me livrer

IMPARDONNABLE. C'est au moment qu'une femme vous dit que vous êtes *impardonnable*, qu'elle vous pardonne.

IMPATIENCE. On reconnait *l'impatience* d'une femme aux mouvemens rapides de ses doigts et celle d'un homme à l'agitation de ses pieds.

IMPÉRIEUX. L'homme qui se laisse dominer par une femme *impérieuse* en devient l'esclave.

IMPERTINENT. L'homme *impertinent* est le fléau du beau sexe. — *L'impertinent* est un fat outré, il commence où l'autre finit.

IMPLORER. Les femmes ne peuvent garder leur colère contre un amant aimé quoique volage qui *implore* son pardon.

IMPORTUNITE. Rien de plus fâcheux au moment d'une confidence qu'une visite *importune*.

IMPOSTURES. C'est par de douces *impostures* que l'amour nous séduit.

IMPRESSION. La raison peut nous garantir d'un amour qui vient pas à pas, mais elle échoue devant celui qui nait d'une subite *impression*.

IMPRUDENCE. Ce qui fait que les chutes sont si fréquentes en amour , c'est que ce dieu a pour guide l'*imprudence*.

INACCESSIBLE. Quand on parle d'une personne qui résiste à l'amour on dit :

Il oppose à l'amour un cœur *inaccessible*.

INCARNAT. Couleur vive qui embellit les traits du visage.

L'industrieux pinceau d'un carmin délicat
D'un visage arrondi relève l'*incarnat*.

Un nouvel *incarnat* a peint son front vermeil.

Un feu subit a peint
D'un ardent *incarnat* l'albâtre de son teint.

Elle languit d'amour , un brûlant *incarnat*
Relève de son front la blancheur et l'éclat.

INCLINATION. Les mariages d'*inclination* sont ordinairement les plus heureux.

INCONSÉQUENCE. Les femmes *inconséquentes* dans leurs propos finissent par faire croire qu'elles le sont dans leur conduite. — Le plus long chapitre de la vie de l'homme est celui de ses *inconséquences*.

INCONSOLABLE. Telle qui se désole et paraît *inconsolable* de la perte d'un amant qui n'aspire qu'après un consolateur.

INCONSTANCE , INFIDÉLITÉ , INDIFFÉRENCE. La différence entre l'*infidélité* et l'*inconstance* est que la première n'est qu'une suspension de l'amour et que la seconde en est la fin. Les hommes sont plus légers plus *inconstants* que les femmes , mais celles-ci sont plus volages, plus changeantes. Ainsi les premiers pèchent par un fond d'*indifférence* qui fait cesser leur attachement , et les secondes par un fond d'amour qui leur fait souhaiter de nouveaux attachemens. — Une *inconstante*, ne s'attache pas pour long-temps ; une *volage*, ne s'attache pas à un seul ; une *indifférente* ne s'attache à personne.

> Pourquoi les amours ont des ailes ?
> C'est qu'ils sont souvent *infidèles*.

INCRÉDULE. A entendre les femmes, elles sont toutes *incrédules* : on les trouve cependant bien faciles à persuader.

INDÉCISION. Combien d'amants ont mis un terme à *l'indécision* de leurs belles, en feignant de prendre congé d'elles.

INDISCRÉTION. Une personne indiscrète est une lettre décachetée : tout le monde peut la lire. — Les femmes qui aiment beaucoup pardonnent plus aisément les grandes *indiscrétions* que les petites infidélités.

> Amans, pour l'honneur d'une belle ,
> Sachez bien garder un secret
> Car on excuse un infidèle
> Mais rarement un *indiscret*.

INDULGENCE. Sans *l'indulgence* l'amour aurait une courte existence.

INGÉNU. Rien n'est plus doux qu'un tendre aveu fait par une bouche *ingénue*.

INGRATITUDE. *L'ingratitude* est le défaut des amans heureux. — Les vieillards amoureux sont ordinairement payés *d'ingratitude*.

Et tout *ingrat* qu'il est , il me sera plus doux ,
De mourir avec lui que de vivre avec vous.

> Moi , l'aimer ! une *ingrate*
> Qui me hait d'autant plus que mon amour la flatte.

INNOCENCE. Si le premier amour est si pur et si doux , c'est qu'il est plein *d'innocence*. — Un sou-

tire de l'*innocence* est plus enchanteur que toutes
les grâces de la coquetterie.

Les charmes ingénus de la pure *innocence*.

D'une plante étrangère auriez-vous connaissance ?
Née au lever du jour flétrie à son coucher ;
Comme la sensitive elle cède au toucher,
Un souffle la détruit : on l'appelle *innocence*.

INQUIÉTUDE. L'*inquiétude* est l'aliment de l'amour.
— Les amans s'*inquiètent* d'un rien et un rien les
console et les tranquillise. — *Inquiétez* une femme,
inspirez-lui la crainte de vous perdre et vous con-
naîtrez quelle place vous avez dans son cœur. —
Jamais amant n'est plus aimable que lorsqu'il s'*inquiète* le moins d'être aimé.

INSENSIBLE. Une femme *insensible* est une erreur
de la nature. — La coquette qui paraît *insensible*
parce que son cœur ne s'attache pas, n'est pas
insensible au désir de plaire.

INSINUANT. L'amour est *insinuant*. — Un amant
insinuant captive facilement les bonnes grâces de sa
belle. — Des manières *insinuantes* rendent une personne agréable.

INSOLENT. Les fats et les impertinents se targuent
en amour d'un bonheur *insolent*.

INSPIRER. Un doux regard *inspire* la confiance.
— Que de douces pensées *inspirées* par l'amour.

INSTINCT. L'amour est un *instinct* naturel.

INTERPRÈTE. Tout sert d'*interprète* à l'amour.
De mon cœur ma bouche est l'*interprète*.

INTARISSABLE. Il y a des larmes qu'on disait
intarissables, et qu'un doux baiser a séchées.

INTELLIGENCE. Quand deux cœurs sont d'*intelligence*, ils font bien du chemin.

INTENTION. Les amans justifient bien des choses en alléguant l'innocence de leur *intention*.

INTÉRESSANT. Les femmes qui ne sont pas jolies, cherchent à se rendre *intéressantes*.

Elle veut se donner un air *intéressant*.

INTIMITÉ. Point de bonheur en amour sans une douce *intimité*.

INTRIGUE. La plupart des *intrigues* amoureuses n'ont pas un heureux dénouement. — Les amours d'une coquette ne sont que des *intrigues*.

INVINCIBLE. Telle femme qui se disait *invincible* a succombé aux premières attaques.

INVIOLABLE. Il n'y a point de serment dont on abuse tant que celui ci : je vous jure une fidélité *inviolable*.

IRRITER. L'amour s'*irrite* de peu.

> Comme un enfant l'amour s'*irrite*
> Et pleure de s'être *irrité*.

IVRESSE. Si l'*ivresse* de l'amour satisfait notre cœur, dans quel trouble elle le laisse ! — Combien de femmes abusent dans un moment d'*ivresse* d'amour, de la faiblesse d'un amant.

De tes baisers prodigue moi l'*ivresse*.

Le délire brûlant d'une amoureuse *ivresse*.

Et dans la douce *ivresse* où mon ame se noie.

JALOUSIE. La *jalousie* est le plus grand de tou les maux et celui qui fait le moins de pitié aux personnes qui le causent. — En amour, celui qui est *jaloux* aime plus, celui qui ne l'est pas aime mieux. — La *jalousie* tient plus à la vanité qu'à l'amour.

JAMAIS. Combien de belles ont menti en disant : je n'aimerai *jamais*, et puis en disant : ensuite je vous aimerai toujours.

> Ni *jamais*, ni toujours
> N'est la devise des amours.

JEUX. Les *jeux* d'amour ont quelquefois des suites fâcheuses.

JEUNESSE. Ce n'est que dans la *jeunesse* que l'amour peut nous faire goûter le bonheur ; si plus tard, on est dominé par ses sentimens, il est rare, qu'il ne nous cause pas des maux.

> Si vous voulez que j'aime encore,
> Rendez-moi l'âge des amours ;
> Au crépuscule de mes jours
> Rejoignez s'il se peut l'aurore.

JOLI. Une belle figure est admirable, elle vous enchante et vous captive ; une jolie figure est intéressante, elle vous plaît et vous séduit

JOUET. Les coquettes font de leurs amans le *jouet* de leur amour propre.

JOUG. Il n'est point de *joug* plus insupportable que d'être soumis aux caprices d'une femme fantasque. — Le mariage est un *joug* doux ou cruel ; mais c'est toujours un *joug*.

> Cet orgueil généreux
> Qui n'a jamais fléchi sous le *joug* amoureux.

JOUISSANCE. Voici, en peu de mots, toute l'histoire de la *jouissance* :

> Que j'ai pitié de tes douleurs,
> De tes tourmens, de ta souffrance !
> Disait un jour la jouissance
> Au désir, qui versait des pleurs,
> Je puis combler ton espérance,
> De tes maux arrêter le cours,
> Et de l'objet de tes amours

Faire cesser la résistance.
Viens avec moi, viens, sois heureux:
Viens, je suis ta meilleure amie......
Séduit par ces mots doucereux,
Le désir, tremblant et timide
Cède... à l'instant le malheureux
Expire au sein de la perfide.

JOUVENCE. Nom d'une nymphe que Jupiter métamorphosa en fontaine, et aux eaux de laquelle il donna la vertu de rajeunir.

Si tu pouvais, merveilleuse fontaine,
Répandre un jour ta source dans Paris,
Que de minois ridés et défleuris
Renonceraient aux ondes de la Seine!

JUGER. Il ne faut jamais, en amour, *juger* sur l'apparence.
Gardons nous de *juger* de son cœur par ses yeux.

JURER. C'est surtout en amour qu'il ne faut jamais *jurer* de rien.

Il me *jurait* un amour éternel.

La foi que ma bouche vous *jure*.

LABYRINTHE. Le cœur d'une femme est un *labyrinthe* où le plus clairvoyant s'égare toujours.

Dans un *labyrinthe* ici bas,
L'homme est toujours réduit à vivre;
Mais cet aveugle ne sait pas
Quel est le chemin qu'il doit suivre:
Il est long-temps à réfléchir
Quel est le meilleur, le plus sage;
Quand il vient à le découvrir,
Il est à la fin du voyage.

LACS. Qu'un amant sincère est à plaindre lorsqu'il s'est laissé prendre dans les *lacs* d'une coquette!

La coquette tendait ses *lacs* tous les matins.

LAIT. La douceur des femmes est comme celle du *lait*, sujette à s'aigrir.

LANGAGE. Les coquettes connaissent l'art de savoir composer leur *langage*. — Le *langage* du cœur est celui qui convient le mieux à l'amour.

Ici l'ame paraît et s'élance au dehors
Et par l'heureux *langage* épanche ses trésors.

Polymnie a du geste enseigné le *langage*
Et l'art de s'exprimer des yeux et du visage.

LANGOUREUX. Si nous ne sommes plus au temps des amans *langoureux*, c'est que nos dames ne laissent plus languir leurs amans.

LANGUEUR. L'infortunée qui meurt d'amour, dépérit, consumée par une longue *langueur*. — La *langueur* dans les yeux annonce le désir de connaître l'amour ou le regret de l'avoir connu. — La *langueur* est souvent plus cruelle que la douleur ; on veut mourir, on n'en a pas la force.

Ces yeux dont la douce *langueur*,
Sait si bien découvrir le chemin de mon cœur.

Le charme attendrissant des plus douces *langueurs*.

LANGUIR. On *languit* long-temps du mal d'amour, avant d'en mourir.

LARCINS. Caresses qu'on fait furtivement, baisers qu'on prend à la dérobée.

Contre un *larcin* qu'elle pardonne
La belle s'arme de rigueur,
Et bien vite, au fond de son cœur
Cache le plaisir qu'il lui donne.

Ces doux *larcins* demandés d'un air tendre,
J'en conviens, je n'ai pas le cœur
Contre un amant de m'en défendre,
Hors ceux pourtant qui touchent à l'honneur ;
Car l'honneur, est de mon âge

Le bijou le plus précieux.
On doit veiller, quand on est sage,
A son honneur comme à ses yeux !
Des caresses peuvent se rendre,
Et des baisers, je le sais bien :
Mais notre honneur, pour peu qu'on en ait laissé prendre,
On n'en rattrape jamais rien.

LARMES. Combien de *larmes* l'amour fait couler,
des *larmes* de joie, de plaisir, d'attendrissement,
de dépit, de jalousie, etc.

Pensez vous que des yeux toujours ouverts aux *larmes*,
Se plaisent à troubler le pouvoir de vos charmes.

Regrette en sa douleur au désespoir réduite
Par des *larmes* de sang, l'amant qui t'a séduite.

Que j'aime ce visage empreint de si doux charmes,
Où l'œil croit lire encor l'humidité des *larmes*,
Tel qu'un bouton naissant et des is les plus frais,
Un reste de rosée embellit les attraits.

LIAISONS. En amour, on voit des *liaisons* qui
commencent par être douces, puis intimes, ensuite dangereuses et qui finissent par être crimi-
nelles.

LETTRE. Les femmes savent mieux que les hommes, exprimer dans une *lettre* les sentimens les plus
doux et les pensées les plus délicates.

Interprète éloquent une *lettre* rassemble
Tout ce qu'on se dirait si l'on était ensemble.

Cette *lettre* sincère
D'un malheureux amant contient tout le mystère.

Elle a trois fois écrit ; et changeant de pensée
Trois fois , elle a rompu sa *lettre* commencée.

LICENCE. La *licence* des temps modernes est plus
préjudiciable aux amours que la galanterie du
moyen âge. — Femmes , qui voulez conserver une
bonne renommée, fuyez les hommes qui s'éman-
cipent jusqu'à la *licence*.

Ainsi que la vertu le crime a ses degrés,
Et jamais on n'a vu la timide innocence
Passer subitement à l'extrême *licence*.

LIENS. Pourquoi les *liens* de l'amour semblent-
ils plus doux que ceux de l'hyménée ? C'est que les
premiers sont tendres puisqu'ils peuvent se rompre,
et que les derniers paraissent de fer puisqu'ils sont
indissolubles.

LIS. Le *lis* est l'emblème de la candeur et de
la pureté.

Le *lis* peint la candeur et l'agneau l'innocence.

Ses blonds cheveux flottaient autour d'un sein de *lis*.

Son sein demi voilé, négligemment étale
L'harmonieux contour de ses globes de *lis*.

LOUANGE. Si le beau sexe était moins sensible à
la *louange* , il courrait moins de risques — La
femme la mieux *louée* est celle dont on ne parle pas.
— C'est le mérite de ceux qui *louent* qui fait le
prix des *louanges*.

La *louange* chatouille et gagne les esprits
Les faveurs d'une belle en sont souvent le prix.

LUEUR. Les amans malheureux conservent toujours quelques *lueurs* d'espérance.

LUNE. Astre consolant de bien des plaintes amoureuses , et témoin discret des égaremens de l'amour.

MALADRESSE. Les hommes manquent plus de cœurs par leur *maladresse*, que la vertu n'en sauve.

MALICE. Un peu de *malice* rend l'amour plus espiègle et plus attrayant.

MAITRE. Quand l'amour s'est rendu *maître* du cœur, on n'est plus *maître* de sa raison.

MAITRESSE. Il y a des *maitresses* coquettes, volages , parjures , il y en a de cruelles , d'inhumaines ; la plus insupportable c'est la *maitresse* jalouse et fantasque.

MAL. Rien de plus contagieux que le *mal* d'amour, il se communique par un doux sourire et un tendre regard.
Phédre atteinte d'un *mal* qu'elle s'obstine à taire.

Elle meurt dans mes bras d'un *mal* qu'elle me cache.

MALTRAITER. La femme qui *maltraite* injustement un amant qu'elle aime , court le risque en voulant réparer sa faute , de devenir trop bienveillante.

MALHEUREUX. Heureuse la dame dont l'amant se dit *malheureux*.

MANÉGE. Un peu de *manége* en amour est indispensable pour le bonheur de tous les deux.

MANIÉRES. Rien ne distingue mieux une personne bien élevée que des *manières* gracieuses et obligeantes.

MARIAGE. Celui qui se *marie* par amourette a de bonnes nuits, mais quelquefois de mauvais jours. — Il y a de bons *mariages*, mais il en est peu de délicieux.

MARTYRE. Les amans appellent *martyre* les moindres chagrins d'amour.

MÉCHANT. Dire qu'un homme est *méchant*, c'est lui croire le cœur dur et vicieux ; cependant une belle sourit quand son amant lui dit : vous êtes une *méchante*.

MÉDISANCE. On calomnie les femmes honnêtes, on *médit* des femmes galantes.

MÉLANCOLIE. La *mélancolie* est la compagne de l'amour tendre et sincère.

> Descends sur moi, douce *mélancolie*,
> Viens pénétrer mon ame recueillie
> Et l'abreuver de tes molles douleurs.

> Au sein de la *mélancolie*,
> Mon ame doucement, tombe, rève et s'oublie.

MÉLODIE. Il n'est point de plus douce *mélodie* que les accents d'une amante chérie.

MENTIR. L'amour n'est que *mensonges* : la jeune fille *ment* à sa mère, à son amant, à elle-même.

MÉPRIS. Rien de plus amer pour une femme que le *mépris* d'un amant qu'elle aime encore ; c'est alors qu'elle reconnait tout le prix de la vertu.

MÉRITE. Il faut attendre qu'une femme cesse d'être jolie pour juger de son *mérite*. — La femme qui se fait un *mérite* de sa beauté, annonce elle-même qu'elle n'en a pas de plus grand.

MINES. Agaceries de l'amour, manège des coquettes.

Ses *mines*, ses beaux airs sont d'inutiles soins,
   Qu'elle prend pour paraître aimable,
   Elle en est d'autant plus blâmable
   Qu'ils font qu'elle le paraît moins.

MIRACLE. Le plus grand *miracle* de l'amour c'est de guérir de la coquetterie.

MIROIR. Les yeux sont le *miroir* de l'ame. — Le *miroir* est le conseiller des graces.

       Par un charme secret,
Ce *miroir* à vos yeux a doublé chaque objet;
Vous y reconnaissez, quelle surprise extrême!
Vos vases, vos tapis, vos tableaux et vous-même.
A ce portrait frappant vous avez hésité
Entre l'objet réel et l'objet imité;
Et, sans se détourner, Eglé voit derrière elle
Son amant enchanté s'écrier : qu'elle est belle !
Quel prestige produit ces traits inattendus?
Le mercure et l'étain, l'un sur l'autre étendus,
Reçoivent les rayons surpris à leur passage,
Et des traits réfléchis vous présentent l'image.

MOBILITÉ. Caractère des dames de notre temps.

MODE. Il y a autant de faiblesse à fuir la *mode* qu'à l'affecter. — On reconnaît qu'une femme aime peu quand elle ne s'occupe que de *modes* — Une femme serait au désespoir si la nature l'avait faite telle que la *mode* l'arrange.

La *mode* est un tyran dont nous sommes esclaves.

Une femme surtout doit tribut à la *mode*.

MODESTIE. Qualité inappréciable dans le beau sexe, elle ajoute à la beauté et c'est son plus bel ornement. — La femme qui change la *modestie* contre l'assurance, perd la moitié de ses charmes.

MŒURS. Rien ne corrompt plus les *mœurs* que la mauvaise compagnie. — Les femmes font les bonnes ou les mauvaises *mœurs*. — Si le beau sexe savait ce qu'il gagnerait en respect, en puissance, en amour et en bonheur, si lui même veillait par sa réserve et sa vertu à la conservation des bonnes *mœurs*, il aurait moins de coquetterie, de mobilité et de fragilité. — Les bonnes *mœurs* conservent la santé et les mauvaises produisent les infirmités.

MOITIÉ. Dans le langage de l'amour, c'est une expression pleine d'affection et de douceur.

O *moitié* de moi-même, idole de mon ame !

O de mon cœur la plus chère *moitié !*

MOLESSE. Belles craignez la *molesse*, elle endort.

MOMENT. Combien d'amans épient le *moment* favorable.

Et que le doux *moment* de ma félicité,
Soit le *moment* heureux de votre liberté.

Hélas ! il ne vient pas ! *moment* trop rigoureux,
Que vous paraissez lents à mes rapides vœux !

MONDE. Ce n'est que lorsque le *monde* les quitte que les coquettes surannées quittent le *monde*.

Moi, renoncer au *monde* avant que de vieillir !

MONSTRE. Les femmes appellent leurs amans infidèles, des *monstres* d'ingratitude.

MORT. La plupart des femmes ne pleurent tant la *mort* de leurs amants, que pour paraître encore

plus dignes d'être aimées. — A la moindre contrarié-
té en amour, les amants ne parlent que de *mourir*. — L'amour ne *meurt* jamais de besoin , **mais**
souvent d'indigestion.

Il me sera plus doux
De *mourir* avec lui que de vivre avec vous.

MOURANS. Des yeux languissans et plein de passion , sont des yeux *mourans*.

MOUVEMENS. Rien de plus difficile à reprimer ,
pour une coquette , que les *mouvemens* d'impatience , lorsque ses charmes ne produisent pas les
effets qu'elle en attend. — L'amour est sans cesse **en**
mouvement , il s'agite de tout et s'allarme de rien.

D'un *mouvement* jaloux je ne fus pas maîtresse.

L'amour le moins honnête exprimé chastement,
N'excite point en nous de honteux *mouvement*.

MOYENS. L'amour est ingénieux à trouver les
moyens d'arriver à son but.

Pour la fléchir enfin tente tous les *moyens*.

Je cherche les *moyens*
De nous faciliter de si doux entretiens.

MUET. Le langage *muet* de l'amour est aussi
expressif qu'instantané.

MURMURER. Il est des amans qui souffrent sans
murmurer et sans se plaindre ; ils guérissent plus
difficilement que ceux qui racontent leurs peines
amoureuses à tout le monde.

MYSTERE. L'amour est tout *mystère* et fait
mystère du tout. — De tous les *mystères* ce sont
ceux de l'amour qui rencontrent le moins d'incrédules.

De ces feux innocents , j'ai trahi le *mystère*.

Tant que Phébus succédera

> Au char brillant de la lumière,
> La paisible nuit prêtera
> Son ombre à l'amoureux *mystère.*
>
> Zirphé, c'est l'heure du *mystère,*
> Viens goûter le frais solitaire
> De nos bosquets délicieux.

NAÏF. En amour, un aveu *naïf* est un aveu sincère. — Les coquettes savent à propos prendre un air *naïf.*

Par sa *naïve* ardeur elle avait su me plaire.

A cet air si *naïf* croirait-on qu'elle y touche ?

NAITRE. Un rien fait *naître* l'amour comme un rien le fait mourir. — L'amour est encore si faible lorsqu'il vient de *naître ;* qu'il n'est rien que ne fasse le beau sexe pour le soutenir dans ses premiers pas encore chancellants.

Tu vis *naître* ma flamme et mes premiers soupirs.

NAUFRAGE. Quand la vertu s'embarque avec l'amour elle s'expose à faire *naufrage.*

NÉGLIGENCE. Les coquettes savent mettre de la grâce, jusque dans leur *négligence.*

Crois-moi, charmante Eglé, que jamais ta figure
Ne brille a nos regards d'un éclat emprunté,
> La *négligence* est la parure
> Qui sied le mieux à la beauté.

NÉGLIGÉ. Combien de belles qui soignent avec plus d'art leur *négligé* du matin que leur parure du soir.

NÉGLIGER. Une femme qu'on *néglige* rêve à se venger.

NEIGE. On dit : un teint de *neige* pour exprimer sa blancheur.

Ses cheveux qu'a noués l'agraffe du matin
Caressent de son cou la *neige* éblouissante.

Son cou de lis , l'albatre de ses bras
Et les trésors de sa gorge de *neige*.

NIAISE. C'est le cas de dire quand on est amoureux d'une *niaise* : que l'esprit et la dupe du cœur.

NEZ On dit d'un amant facile à tromper , qu'il
n'y voit pas plus loin que son *nez* , où qu'il se
laisse mener par le bout du *nez*.

Ah ! les maris seront toujours bernés ,
Jaloux et sots et conduits par le *nez*.

NIER. Les femmes , mieux que les hommes ,
savent *nier* avec autant d'assurance que de promp-
titude , la chose la plus évidente.

NOCES. Quelle différence entre le jour des *nôces*
et le lendemain.

NŒUDS. Ceux de l'amour ne sont pas si indissolubles que le *nœud* gordien , un rien les brise.

Fuyez , je ne crains pas votre impuissant courroux,
Et je romps tous les *nœuds* qui m'attachent à vous.

NOIRCEURS. Il n'est pas une coquette qui n'ait
à se reprocher quelques *noirceurs.*

De ces femmes souvent l'hypocrite *noirceur*,
Souvent pour un mari garde quelque douceur.

NOURRIR. L'amour se *nourrit* de chimères. —
L'espérance *nourrit* l'amour.

Vous *nourrissez* un feu qu'il vous faudrait éteindre.

NUAGE. L'horizon de l'amour se rembrunit aisément , un rien le couvre de *nuages*.

Ce front que la tristesse entourait d'un *nuage*.
S'éclaircit par degrés dans des pensers plus doux.

D'un *nuage* confus ses yeux étaient troublés.

NUPTIAL. L'amour toujours si éveillé sur un lit de gazon, s'endort presque toujours dans un lit *nuptial*.

OBJET. Dans le langage d'amour les amans appellent leurs maîtresses, l'*objet* de leurs désirs, l'*objet* de leurs feux, l'*objet* de leurs soupirs, ou charmant *objet*, divin *objet*.

Que deviendrai-je, hélas ! si le sort rigoureux
Me privait pour jamais de l'*objet* de mes vœux,.

Plein de l'aimable *objet* que je fuis et j'adore.

> Là pour danser chacun vient prendre
> L'*objet* qui captive son cœur.

OBSTACLES. L'amour s'irrite des *obstacles* et s'obstine à les vaincre.

> Pour l'exciter cherchons lui des *obstacles*,
> Par eux l'amour opère des miracles.

OBTENIR. En bien des choses, pour *obtenir* peu il faut demander beaucoup ; c'est le contraire en amour.

Hélas ! si mon amour ne peut rien *obtenir*,
Il ne me reste alors qu'à vous fuir et mourir.

OCCASION. L'*occasion* fait le larron. — L'*occasion* perdue ne se retrouve pas souvent.

Il est d'heureux momens, des momens où le cœur
Est ouvert sans défense et n'attend qu'un vainqueur,
Mais il faut les saisir, il faut qu'on les épie,
L'*occasion* est une, et veut être ravie.

OCCUPATION. La principale *occupation* des amans c'est de s'occuper de leur amour.

ŒIL, YEUX, ŒILLADE. Les *œillades* sont les appeaux des coquettes lorsqu'elles tendent leurs rets, les plus fins s'y laissent prendre.

Des éclairs de ses yeux l'*œil* était ébloui.

Et d'un œil où brillait sa joie et son espoir
S'enivrer à longs traits du plaisir de la voir.

Venez dans tous les cœurs faire parler vos *yeux*.

Je lui parle du cœur, je le cherche des *yeux*.

De ses *yeux* suppliants le regard vif et tendre.

Un jour les beaux *yeux* noirs aux vives étincelles,
Et les bleus aux regards doux, tendres et mourans
(Jamais plus grave objet n'intéressa les belles)
Voulurent à la fin terminer leurs querelles,
   Et que l'amour fixât leurs rangs.
Au juge de Cythère ils présentent requête,
Ils plaident. Mes amis, c'est bien en pareil cas
Qu'il est charmant de voir plaider les avocats.
   L'amour, en honne et grave tête,
Sur la foi des baisers, intègres rapporteurs,
   Met ainsi d'accord les plaideurs.
Les *yeux* noirs savent mieux briller dans une fête,
Les bleus sont plus touchans à l'heure du berger.
Les *yeux* noirs savent mieux conquérir, ravager,
   Les bleus gardent mieux leur conquête :
Les noirs prouvent un cœur plus vif, mais plus léger,
Les bleus, un cœur plus tendre et moins prompt à changer ;
Les noirs lancent mes traits : les bleus, ma douce flamme :
Les noirs peignent l'esprit, et les bleus peignent l'ame.

OFFENSE. Une *offense* exige et amène un pardon, c'est un commerce où l'amour trouve toujours son profit.

De mes transports jaloux pardonnez-moi l'*offense*.

OFFRES. Rien de plus généreux que les amans dans leurs *offres* réitérées ; ils *offrent* tout, leur cœur et même leur vie.

Sans l'*offre* de ton cœur par où peux-tu me plaire.

Ah ! si d'une autre chaîne il n'eût été lie
L'*offre* de mon hymen l'eût-il tant effrayé.

OMBRAGE. Tout porte *ombrage* aux amans jaloux.

> Oranger dont la voûte épaisse
> Servit à cacher nos amours,
> Reçoit et conserve toujours
> Ces vers enfans de ma tendresse,
> Et dis à ceux qu'un doux loisir
> Amenera sous ton feuillage,
> Que si l'on mouroit de plaisir
> Je serai mort sous ton *ombrage*.

OMBRE. L'image d'un objet aimé est comme notre *ombre*, elle nous suit partout.

L'amour dans la douleur, aime à gémir dans l'ombre.

OPINION. L'homme doit braver l'*opinion*, la femme doit s'y soumettre.

OPULENCE. Que d'hommes à bonnes fortunes, ne les doivent qu'à leur *opulence*.

> Quand on n'est pas dans l'*opulence*,
> On doit renoncer aux plaisirs ;
> Un amant qui ne peut dépenser qu'en soupirs,
> N'est plus payé qu'en espérance.

ORACLES. Les paroles les plus insignifiantes d'un objet idolâtré nous paraissent des *oracles*.

L'amour parle, il suffit, ce sont là mes *oracles*.

ORAGE. Le temps de l'amour est un temps d'orage. — L'amour comme l'éclair, brille dans les *orages*.

Les *orages* du cœur sont terribles, mais courts.

OREILLE. L'*oreille* est le chemin du cœur. — Si le beau sexe savait fermer l'*oreille* à propos, il éviterait bien de chutes.

Je prêterai l'*oreille* à les douces chansons.

ORIGINALITÉ. Un peu d'*originalité* en amour, semble le rendre plus piquant.

OUBLI. L'absence est la mère de l'*oubli*.

Il faut vous *oublier* ou plutôt vous haïr.

Mon cœur hors de lui-même,
S'*oublie* et se souvient seulement qu'il vous aime.

OUI. Quand à une demande pressante et amoureuse, une belle ne dit pas non, elle dit : oui.

OUTRAGE. Une femme peut oublier une injure, une médisance, mais jamais une calomnie ni un *outrage*.

OUVRIR. Quand un cœur s'*ouvre* à l'amour, que de tourmens s'y glissent avec lui.

PAIX. La *paix* qu'on fait avec l'amour **n'est** jamais qu'une trêve.

Le calme inaltérable empreint sur son visage,
De la paix de son cœur est la tranquile image.

PALEUR. Quand on voit un jeune et beau visage
terni par la *paleur*, on peut supposer que l'amour
y est pour quelque chose.

Quelle sombre *paleur* en ce moment efface,
De ce front si vermeil la fraîcheur et la grâce.

> Chloris avait cette *paleur*,
> D'une jeune et mourante fleur
> Qui languit sans être arrosée.

PALPITER. La subite présence d'un objet aimé
fait *palpiter* le cœur de plaisir.

> Ah ! que mon cœur *palpitait* à sa vue.

Il *palpite* à la fois de crainte et de plaisir.

PAMER. C'est le secret des femmes de savoir se
pâmer à propos.

Et souvent de douleur se *pâmer* par avance.

On se *pâme* de joie ainsi que de tristesse.

PAPILLON. L'homme volage et coquet voltige de
belle en belle, comme le *papillon* de fleurs en fleurs.

> Un être frivole, imprudent
> Viendra de sa flamme éphémère,
> Vous offrir l'hommage inconstant :
> A ses vœux montrez-vous rebelle,
> Je lui sers en tout de modèle ;
> Volage au comble des faveurs,
> Il voltige de belle en belle
> Ainsi que moi de fleurs en fleurs ;
> Son cœur n'agit que par sa tête,
> Il a des goûts sans passion,
> Tout l'enchante, rien ne l'arrête,
> Et si vous faites sa conquête
> Vous n'aurez pris qu'un *papillon*.

PARDON. Il est impossible à un cœur qui aime bien de refuser un doux *pardon*. — On oublie les infidélités, mais on ne les *pardonne* pas. — On *pardonne* tant que l'on aime.

Ah ! si je le voyais le cruel qui m'outrage,
Disais-je, il connaîtrait ce qu'il a dédaigné.
   Pour calmer mon cœur indigné,
Sans doute il emploierait son perfide langage :
Mais l'honneur offensé soutiendra mon courage,
Il supplirait en vain : l'Amour l'a condamné.
   Eh bien ! j'ai revu le volage ;
Il n'a rien dit et j'ai tout *pardonné*.

PARESSE. Les femmes guérissent de leur *paresse* par la vanité ou par l'amour. — La *paresse* au contraire dans les femmes vives et le présage de l'amour.

PARFAITE. Il n'y a point de femmes si *parfaites* qu'elles empêchent un mari de se repentir au moins une fois le jour d'avoir une femme.

PARJURE. Autant de sermens d'amour presque autant de *parjures*, vaudrait mieux ne pas en faire.

PARLEUR. Il faut que les amans soient de grands *parleurs*, car leurs doux entretiens ne leur paraissent jamais trop longs.

PARLER. Un *parler* doux et gracieux trouve aisément le chemin du cœur.

   Elle essaya son sourire enchanteur,
   Son doux *parler*, son maintien séducteur.

PAROLE. Une *parole* imprudente coûte souvent cher. — Les coquettes sont aussi prodigues de souris et de doux regards qu'économes de *paroles*.

PARTAGER. On peut comparer le cœur d'une coquette à un artichaud dont elle *partage* les feuilles entre ses amans.

PAS. Combien de belles qui pour ne pas retour-

(91)

ner sur leurs *pas*, ont fait un *pas* de trop. — Rien
de si triste que de perdre ses *pas*, surtout en
amour.

Le premier *pas* se fait sans qu'on y pense.

PASSÉ. L'avenir en amour fait oublier le *passé*.

PASSE-TEMPS. L'amour est un *passe-temps* pour
les esprits légers.

Mille doux *passe-temps* abrègent la soirée.

PASSION. La *passion* rend beau ce qui est laid.
— Dans les premières *passions* les femmes aiment
l'amant, dans les autres elles aiment l'amour. —
L'amour est la *passion* prédominante de la jeunesse.
— Une *passion* vive et tendre est morne et silen-
cieuse. — Il arrive quelquefois qu'une femme cache
à un homme toute la *passion* qu'elle sent pour lui,
tandis qu'il feint pour elle une celle qu'il ne sent
pas. — Les coquettes aiment à causer des grandes
passions et ne point en ressentir. — Rien n'étonne
comme le calme qu'on éprouve lorsqu'on est guéri
d'une grande *passion*. — Quand on se rend le jouet
d'une *passion*, on le devient de ceux qui l'inspirent.
— De toutes les *passions*, l'intérêt est celle qui
cède le moins aux attaques du plaisir. — Aucune
passion ne donne des émotions aussi douces et en
même temps aussi fortes que celle de l'amour. —
L'amour est la *passion* qui ennoblit le plus l'âm
et le cœur.

Le feu des *passions* dans son regard pétille.

Des *passions* la turbulente ivresse.

Des *passions* la fièvre enchanteresse.

PAUPIÈRES. Une longue *paupière* embellit et
adoucit le regard.

Je baisse en rougissant ma timide *paupière*.

Quelques larmes brillaient sous ses longues *paupières*.

PAYER. Une prude *paye* de maintien et de paroles, une femme sage *paye* de conduite. — Il y a des amans qui *payent* de belles paroles, d'autres *payent* d'ingratitude. — L'amour ne peut se *payer* que par l'amour.

Cette veuve inhumaine
N'a *payé* jusqu'ici mon amour que de haine.

C'est cet amour *payé* de trop d'ingratitude
Qui me rend en ces lieux sa présence si rude.

PATIENCE. On dit que la *patience* est la vertu des sages ; moi, je dis que c'est celle des amans qui ont une maîtresse coquette ou fantasque, et des époux qui ont une femme tracassière ou jalouse.

PÉCHÉ. L'amour est un *péché* qui porte avec lui sa pénitence.

PÉDANT. Un amant *pédant* fatigue, une maîtresse *pédante* indispose.

PEINES. Les *peines* de l'amour ressemblent aux fruits de nos jardins qui conservent une douce saveur jusqu'au moment où la corruption les rend amers.

L'écho, qui dans le creux de ses grottes lointaines,
Trahit souvent l'amant qui lui conte ses *peines*.

Des langueurs où l'amour me jette,
Loin que je songe à me sauver,
Je chéris ma *peine* secrète,
Tout mon plaisir est d'y rêver.

Mon cœur est trop sensible aux *peines* de l'amour.

PENCHANT. Un cœur sensible dissimule difficilement un doux *penchant*. — La jeunesse de ce siècle n'a du *penchant* que pour ses plaisirs. — Il est tout au plus permis à une fille bien née d'avouer sa répugnance, mais jamais son *penchant*.

Ils suivaient sans remords leur *penchant* amoureux.

PENSÉES , PENSER. Les femmes connaissent mieux que les hommes l'art de séparer les *pensées* d'avec les paroles. — Les plaisirs de la *pensée* sont des remèdes contre les blessures du cœur. — Un doux regard , un tendre souris sont les interprètes éloquens d'une *pensée* d'amour.

> Un pauvre amant dit ce qu'il *pense* ,
> Sans trop *penser* à ce qu'il dit ;
> Le désordre est son éloquence ·
> Quand le cœur parle , adieu l'esprit.

Ia douce erreur qui charmait ma *pensée.*

PENSIF. L'amour rend *pensif.* — Quand une jeune personne est *pensive* , on la suppose amoureuse.

PERCER. Les traits de feu que lancent les yeux d'une amante chérie *percent* victorieusement le cœur.

Je *percerai* le cœur que je n'ai pu toucher.

> *Percé* jusques au fond du cœur ,
L'une atteinte imprévue aussi bien que mortelle.

Adorable Julie. . . . ah ! vous me *percez* l'âme !

PERDU. On ne sent tout le prix d'un cœur lorsqu'on l'a *perdu.*

PERFECTIONS. Les femmes aiment à s'entendre dire qu'elles sont douées de toutes sortes de *perfections.*

PERFIDIE. Une femme infidèle , si elle est connue pour telle de la personne intéressée , n'est qu'infidèle · s'il la croit fidèle , elle est *perfide.* — La *perfidie* est un mensonge de toute la personne ; c'est dans une femme l'art de placer un mot ou une action qui donne le change et quelquefois de mettre en œuvre des sermens et des promesses qui ne lui coûtent pas plus à faire qu'à violer.

PÉRIL. Il y a des femmes qui se flattent de voir tous les hommes avec une grande indifférence et sans le moindre *péril*; si elles n'ont pas un cœur de marbre le jour du *péril* arrivera pour elles.

PERMISSION. Les amans abusent souvent du peu de *permission* qu'on leur donne.

PERSÉVÉRER. Quand on a conquis un cœur par la *persévérance* on le conserve long-temps.

> La beauté la plus sévère
> Prend pitié d'un long tourment
> Et l'amant qui *persévère*,
> Devient un heureux amant
> Tout est doux et rien ne coûte
> Pour un cœur qu'on veut toucher;
> L'onde se fraye une route
> En s'efforçant d'en chercher:
> L'eau qui tombe goutte à goutte
> Perce le plus dur rocher.

PERSONNAGE. L'amant trahi dont on se moque, et qui par faiblesse souffre cette moquerie, joue un triste *personnage*.

PERSUADER. Rien de si facile à *persuader* que le cœur d'une belle, qui aime en secret. — L'art de *persuader* ne devrait appartenir qu'à l'amour sincère; mais hélas! c'est celui qui le possède le moins.

Mais je vois que mes pleurs et tous mes vains discours.
Pour vous *persuader* sont un faible secours.

PETIT. L'amour se fait *petit* pour entrer dans le cœur d'une belle; mais à peine il en a pris possession, qu'il grandit tellement qu'il le déborde.

> *Petit* bien qui ne doive rien,
> *Petit* jardin, *petite* table,
> *Petit* miroir qui m'aime bien
> Sont pour moi chose délectable:
> J'aime à trouver quand il fait froid

Grand feu dans un *petit* endroit :
Les délicats font grande chère,
Quand on leur sert dans un repas
Des grands vins dans un *petit* verre
Des grands mets dans de *petits* plats.

PEUR. La *peur* en amour rend les naufrages moins fréquents.

Ma bouche a déjà *peur* de t'en avoir trop dit.

PIED. Les femmes qui se jettent à la tête des hommes se trouvent bientôt sous leurs *pieds*.

PIÉGE. Tout ce qui émane d'une coquette, regards, souris, douces paroles, sont autant de *piéges* subtils et trompeurs.

> Les vœux secrets, les détours innocents,
> Le feint courroux et les agaceries :
> *Piéges* adroits qui surprennent les sens,
> Et livrent l'ame aux douces rêveries.

PIRE. L'amour va de *pire* en *pire*, et sa dernière faute est toujours *pire* que la première.

Souvent la peur d'un mal nous conduit dans un *pire*.

PITIÉ. La *pitié* est un défaut en amour, car elle rend souvent malheureuse celle qui a pris *pitié* de la peine de son amant.

Quoi ! d'un œil sans *pitié*, tu vois couler mes larmes !

PLACE. Quelle différence fait-on du cœur d'une amante sincère à celui d'une coquette ? c'est qu'une seule petite *place* obtenue dans le cœur de la première le remplit en entier ; tandis que dans le cœur de la coquette on y est si à l'aise, qu'elle offre sans cesse de nouvelles *places* à tout le monde sans qu'il soit jamais plein.

PLAIE. La *plaie* qui blesse le cœur ne peut trouver son remède que dans le cœur même. — La cicatrice de la *plaie* qu'a fait la calomnie reste toujours profonde et saignante.

PLAINDRE. Amans rebutés sachez souffrir sans vous *plaindre*, car c'est contre la patience des hommes que se brisent souvent la fierté des femmes. — Les *plaintes* n'allègent les peines de l'amour que quand on peut les adresser à celui ou à celle qui les a causées.

> On se lasse toujours de *plaindre*
> Les gens qui se *plaignent* toujours.

> J'ai beau me *plaindre* et soupirer
> Le seul remède en ma disgrace
> C'est qu'il n'en faut point espérer.

PLAIRE. Toutes les femmes veulent *plaire*, les unes pour être aimées, et d'autres seulement pour *plaire*. — Les femmes ne se *plaisent* pas les unes aux autres par les mêmes agrémens qu'elles *plaisent* aux hommes. — Le désir de *plaire* naît chez les femmes avant le désir d'aimer. — Le soin de s'embellir est presque toujours le désir de *plaire*.

PLAISANTERIE. Il ne faut jamais hazarder la *plaisanterie*, même la plus douce et la plus permise qu'avec des personnes polies et qui ont de l'esprit.

PLAISIR. Si les dames de notre temps aimaient moins les *plaisirs*, elles inspireraient davantage le doux *plaisir* d'aimer. — Le goût des *plaisirs* nuit généralement à la considération des femmes.

Les *plaisirs* sont amers d'abord qu'on en abuse.

PLEURER. Les femmes possèdent à fond l'art de *pleurer* à propos.

Elle *pleure* en secret le mépris de ses charmes.

> Vous *pleurez* des peines passées,
> Je *pleure* des ennuis présens.

Impitoyable honneur , mortel à mes plaisirs
Que tu vas me coûter de *pleurs* et de soupirs!

D'un nuage de *pleurs* ses beaux yeux obscurci

PORTRAIT. Il est doux de posséder le *portrait* de l'objet qu'on aime ; mais on doit être bien assurée de la sincérité d'un amant avant de lui confier un si précieux gage d'amour.

POSSESSION. Je rappelle au beau sexe cette grande vérité : la *possession* diminue le prix des choses qu'on a le plus désirées.

POSSIBLE. Tout semble *possible* à l'amour.

PRÉCAUTIONS. L'amour sait rendre inutiles toutes les *précautions* de la jalousie.

PRÉFÉRER. Il y a des femmes glorieuses de voir leur amant plaire à plusieurs , pourvu qu'elles soient *préférées*.

PRÉSENS. La femme qui accepte d'un homme des *présens* , contracte une dette qu'elle s'expose à payer de sa personne.

PRÉTEXTE. Quand les amans sont las , l'un de l'autre , le moindre *prétexte* leur suffit pour se quitter.

PRÉVENANCE. Les femmes aiment les *prévenances* parce qu'elles sont les troupes légères de l'amour.

PRÉVOYANCE. Si le beau sexe avait la sage *prévoyance* en n'accordant que de légères faveurs, de laisser toujours quelque chose à désirer, les hommes seraient plus long-temps soumis à son empire.

PRIÈRES. Le jour qu'une belle cède aux *prières* de son amant, ce sera elle qui aura recours aux *prières*.

Hélas ! si vous m'aimez, si pour grace dernière,
Vous daignez d'un amant écouter la *prière*.

PRIVATIONS. Nos plaisirs les plus vifs naissent de nos *privations*.

PRIX. Les faveurs ont leur *prix* tant qu'elles laissent encore quelque chose à désirer.

PRODIGUE. Rien de si *prodigue* que les amans: ils sont *prodigues* de promesses, de sermens, de soupirs et de caresses.

Hermione à Pirrhus *prodiguait* tous ses charmes.

Et pour te *prodiguer* mes plus tendres caresses
Je n'ai point exigé ni sermens, ni promesses.

PROFITER. L'amant intelligent *profite* de tout ce qui peut être favorable à son amour.

Dans l'art de bien aimer pour former ma Thémire
J'employais les leçons que l'amour me dicta :
    Je réussis, je sus l'instruire,
    Et mon rival en *profita*.

PROMESSE. Rien qui se fassent et qui se violent si facilement que les *promesses* d'amour. — La femme est un grand enfant qu'on amuse avec des joujous, qu'on endort avec des louanges et qu'on séduit avec des *promesses*.

On ne m'abuse point par des *promesses* vaines.

Venez, et qu'à l'autel ma *promesse* accomplie
Par des nœuds éternels l'un à l'autre nous lie.

(99)

PROPICE. Mot dont les amans se servent souvent : soyez *propice* à mes vœux , jetez sur moi un
regard *propice*.

PRUDE. La *prude* affecte la sagesse comme la
coquette affecte l'amour.

PRUDENCE. C'est surtout en amour que la *prudence* est la mère de la sureté et la compagne de
la sagesse.

> Amour , amour quand tu nous tiens,
> On peut bien dire : adieu *prudence*.

PUDEUR. La *pudeur* vaut beaucoup et coûte peu.
— La *pudeur* est la plus précieuse parure du beau
sexe.

> Sans la *pudeur* , je ne vois rien d'aimable ,
> La décence à mes yeux embellit la laideur,
> Il n'est pour moi de beauté véritable
> Que sur le front où règne la *pudeur.*
> Le modeste incarnat d'une *pudeur* touchante
> Colorait de son teint la fraîcheur innocente.

PURETÉ. Avant de vous laisser entraîner dans
la douce pente d'un tendre engagement , belles ,
sondez le cœur de celui qui vous aime , voyez s'il
est aussi *pur* que ses belles paroles le disent , et
assurez-vous de la *pureté* de ses intentions avant de
ne rien laisser entrevoir de vos sentimens. — La *pureté* de l'ame et de la conduite est la première
gloire des femmes.

Le jour n'est pas plus *pur* que le fond de son cœur.

QUERELLES. *Querelles* d'amans raccommodement
d'amour.

> L'amour n'aime point les *querelles* ,
> Au moindre bruit il prend l'essor ,
> C'est pour les fuir qu'il a des ailes ,
> Belles , gronderez-vous encor ?

QUITTER. Un homme éclate contre une belle qui ne l'aime plus, et se console : une femme fait moins de bruit quand elle est *quittée*, et demeure long-temps inconsolable.

Des yeux qui vainement voulaient vous éviter
Déjà pleins de langueur ne pouvoient vous *quitter*.

RACONTER. Les confidents savent quelles douces consolations éprouvent les amans à *raconter* leurs peines amoureuses.

RACCOMMODEMENT. Les *raccommodemens* excitent et raniment l'amour.

    Quoi ! si nous habitions ces lieux ,
Nous nous verrions toujours, toujours des mêmes yeux,
Nous n'éprouverions plus de craintes , ni d'alarmes ,
Tranquilles le matin , et tranquilles le soir ,
    Nous ne verserions plus de larmes ,
Et nous serions réduits à n'avoir plus d'espoir !
Quoi ! je ne serai plus grondé ! Quoi ! mon amie ,
Il faudrait renoncer aux *raccommodemens* ?
Ah gardons-nous en bien ? Le bonheur des amans
    N'existe qu'autant qu'il varie :
    L'hiver fait valoir le printemps ;
L'azur du ciel plaît mieux parsemé de nuages ;
    Et qui n'a jamais vu d'orages ,
    N'a jamais joui du beau temps.

RAISON. Pour les femmes la douceur est le meilleur moyen d'avoir *raison*.

RALLUMER. C'est en montrant une feinte froideur , en excitant légèrement la jalousie que l'on *rallume* souvent un feu d'amour prêt à s'éteindre.

Et je bénis déjà cette heureuse froideur
Qui de notre amitié va *rallumer* l'ardeur.

RANCUNE. L'amour boude quelquefois , mais c'est un enfant trop bien élevé pour avoir de la *rancune*.

RAVIR. Les faveurs qu'on *ravit* semblent être plus douces que celles qu'on nous accorde.

> Furtivement je *ravis* quelquefois
> Baisers brûlants sur ses lèvres de rose.

RAVISSEMENT. La vue d'une belle et séduisante personne excite souvent un *ravissement* si vif et si doux qu'une forte passion en naît soudainement.

RECONNAISSANCE. Quand l'amour naît de la *reconnaissance* il se rapproche de l'amitié et devient fidèle comme elle. — Les femmes qui se plaignent du manque de *reconnaissance* sont ordinairement celles qui n'ont pas été inhumaines.

> J'ai juré que mes soins, ma juste complaisance,
> Vous répondront toujours de ma *reconnaissance*.

REFROIDISSEMENT. Le baillement, le silence, e manque d'idées et un certain embarras pendant l'entretien de deux amans est une indice de *refroidissement*.

REFUS. Il est doux d'accorder mais plus prudent de *refuser*. — C'est presque accorder une faveur que d'adoucir un *refus* par des manières gracieuses.

REGAGNER. Ce qu'on perd, en amour, se *regagne* difficilement.

REGARDS. Toujours plus expressifs que la parole. — Les *regards* sont les premiers billets doux des amans.

> J'entendrai des *regards* que vous croirez muets.

> Quoi ! même vos *regards* ont appris a se taire ?

> D'un seul de ses *regards* elle embellit ses lieux.

REGRETTER. On peut diviser la vie des femmes en trois époques : dans la première, elles rêvent l'amour ; dans la seconde, elles le font ; dans la troisième, elles le *regrettent*..

REGNER. Selon les uns l'amour est un tyran qui *règne* despotiquement sur les cœurs, selon d'autres c'est le souverain chéri des cœurs sur lesquels il *règne* avec un doux empire.

Vos yeux assez long-temps ont *regné* sur mon ame.

REMÈDE. Pour les cœurs faibles, il n'y a d'autres *remèdes* contre l'amour que la fuite.

D'un incurable amour, *remèdes* impuissants.

RENDEZ-VOUS. Rien n'est comparable, entre deux amans qui s'aiment tendrement, à la douce impression qu'on éprouve au premier *rendez-vous*.

REPENTIR. Le *repentir* suit l'amour, quelquefois de loin, plus souvent de près.

REPOS. Incompatible avec l'amour.

REPROCHES. En amour, les *reproches* sont doux ou amers, selon qu'on a respecté les limites qui séparent l'amour honnête du coupable amour.

Trop d'amertume aigrirait vos *reproches*.

Je ne vous ferais point de *reproches* frivoles.

Doux *reproches*, transports sans cesse renaissants.

RÉSISTANCE. La *resistance* d'une jeune personne est toujours une preuve de sa vertu ; mais la *resistance* d'une personne moins jeune, provient quelquefois de son expérience.

RESPECT. L'amour *respectueux* plaît à l'amante sincère et ennuie la femme frivole et volage. — La femme qui ne se *respecte* pas ne doit pas s'attendre à être *respectée*.

> Par son *respect* l'amant vrai se déclare,
> C'est lui qui craint, qui se fuit, qui s'égare ;
> Qui d'un regard fait son suprême bien,
> Desire tout, prétend peu, n'ose rien ;
> Qui sur les fleurs fait marcher la constance,

Voit tout en beau , met tout en jouissance ;
Dans les revers armé de plus de feux ,
Dans les faveurs empressé quoiqu'heureux.

RETOUR. L'amour aime à être payé de *retour*.

Sans espoir de *retour*,
Je nourrissais encor un malheureux amour.

RETRANCHEMENT. On peut comparer le cœur
d'une femme vertueuse à un camp *retranché* qui
se défend avec constance et dont on ne peut forcer
les derniers *retranchemens*.

RÊVERIE. L'amour se délecte dans de douces
rêveries.

Fille *rêveuse* et dont le cœur soupire,
N'a pas hélas ! tout ce qu'elle désire.

Jeunesse *rêveuse*
Ne peut qu'être amoureuse.

RIDES. La coquette passe dans l'insomnie la nuit
qui suit le jour où son miroir lui a montré sa
première *ride*. — Ninon aurait voulu que la nature
plaça les *rides* sous les talons.

Des *rides* à longs plis sillonnent son visage.

RIEN. Un *rien* égaye ou attriste l'amour.

Pour celui qui connaît le cœur de la beauté,
Et sa discrétion et sa timidité ,
Sait que sur ses lèvres de rose
Souvent un *rien* veut dire bien des choses.

RIGUEURS. Les *rigueurs* sont à l'amour ce que
les épices sont aux mets : les épices excitent
l'appétit et les rigueurs l'ardeur. — Un amant , et
surtout un amant malheureux , regarde comme une
faveur les *rigueurs* que l'on exerce contre ses rivaux.

RIRE , RIS , RIEUR. Rien de plus doux et de plus
charmant qu'un *rire* agréable. — Un *rieur* aimable

et gai plaît toujours. — Méfiez-vous des *rires* mo-
queurs, ils sont le prélude de la médisance ou
de la calomnie.

Le front épanoui brillait d'un *ris* flatteur.

> Le *rire* aimable, ami de la jeunesse
> Né de la joie, il la produit sans cesse ;
> Flatte l'espoir, inspire le désir
> Et peint les traits des couleurs du plaisir.

RIVAL. En amour la *rivalité* cause l'inimitié. —
Voulez-vous voir un portrait qui ne soit pas flatté
priez une femme de faire le portrait de sa *rivale*.

ROMPRE. Il est difficile, en amour, de *rompre*
des liens formés par une longue habitude.

> Puisque tu veux que nous *rompions*.
> Et que, prenant chacun le nôtre,
> De bonne foi nous nous rendions
> Ce que nous avons l'un de l'autre ;
> Je veux, avant tous mes bijoux,
> Reprendre ces baisers si doux
> Que je te donnais à centaines ;
> Puis il ne tiendra pas à moi
> Que, de ta part, tu ne reprennes
> Tous ceux que j'ai reçus de toi.

ROSE. Que d'épines sur une seule *rose* : image
vraie de l'amour ; car si la *rose* n'est pas sans épines, l'amour n'est pas sans tourment. — La seule
rose sans épines, dans ce monde, c'est l'amitié. —
Une femme galante est une *rose* que l'amour effeuil-
le, et de laquelle il ne reste que les épines pour
l'hymen.

La *rose* que parfume un baiser de Cypris.

Les *roses* d'aujourd'hui demain seront fanées.

> Ses traits charmants ont la fraîcheur
> Et l'incarnat de la *rose* naissante.

ROUGEUR. La *rougeur* est à la beauté ce que l'aurore est à la nature.

L'amour et la pudeur

Au front d'Agnès font monter la rougeur.

RUSES. L'amour ingénu à ses *ruses* innocentes ; l'amour des coquettes n'est que *ruses* et artifices.

SABLE. Les sermens d'amour s'écrivent ordinairement sur le *sable*, voilà pourquoi le moindre vent les efface.

SACRÉ. Si tout parait *sacré* dans le premier amour, rien ne l'est aux amours vicieux.

SACRIFICES. On peut dire qu'une femme fait le *sacrifice* de son bonheur quand elle fait à son amant le *sacrifice* de sa vertu.

SAGESSE. La *sagesse* est un trésor si grand qu'on perd en la perdant tout ce qui pouvait nous rendre heureux.

SAUVEGARDE. La modestie est la *sauvegarde* de la sagesse.

SCANDALE. Belles, fuyez la société des hommes, qui se plaisent dans le vice et qui en aiment l'éclat et le *scandale*.

SECRET. Rien ne se divulgue plus involontairement que le *secret* d'un cœur, tout conspire à le trahir : soupirs, regards, agitation du sein, paleur subite, rougeur soudaine, enfin tout le monde est dans la confidence de ce cœur qui, quelquefois doute encore de son amour. — Le *secret* que les femmes gardent le mieux est celui de leur âge.

L'amour le plus discret

Laisse par quelque marque échapper son *secret*.

SÉDUCTEUR, SÉDUISANT. L'homme *séduisant* est aimable, le *séducteur* est odieux ; cependant des femmes disent par manières d'agaceries : vous êtes un *séducteur.* — On résiste difficilement à la *séduction* lorsqu'elle est l'ouvrage d'une femm• *séduisante*, mais quelle déception lorsque cette femme est une coquette.

SEIN. On pourrait comparer l'amour à un serpent qui déchire souvent le *sein* dans lequel il a été échauffé.

> Sous le tissu d'une gaze infidèle
> Elle cachait les trésors de son *sein.*

Ce *sein* éblouissant dont le double contour
Palpite de santé, de jeunesse et d'amour.

SEMAINE. Voici comment un poète a décrit ur *semaine* d'amour.

> Le lundi, d'un aveu l'on s'amuse ;
> Le mardi, l'on se plaint de l'importunité ;
> Le mercredi, l'on écoute avec moins de fierté,
> Et le jeudi, frémissante on refuse ;
> Le vendredi, tremblante on résiste à demi ;
> Le samedi, troublée à regret l'on s'arrête !
> Le dimanche, l'on perd la tête ;
> Le lendemain, tout est fini.

SENSIBILITÉ. Les ames *sensibles* sont malheureuses en ce qu'elles s'attachent plus fortement et qu'elles sont d'une grande *sensibilité* aux peines de l'amour. — Pour une femme, être *sensible* aux éloges de quelqu'un, est un commencement d'amour. — Il ne peut y avoir de *sensibilité* sans douleur, ni de plaisir sans la *sensibilité*.

SENTIMENT. Les coquettes affectent, en amour, les plus généreux *sentimens*, tandis que leur cœur est inaccessible au doux *sentiment* d'amour.

SÉPARATION. Un des grands chagrins d'amour pour deux amans qui s'aiment tendrement.

SERMENS. Ne coûtent rien à celui qui veut tromper.

D'un amour éternel
Nous irons confirmer le *serment* solennel.

Moi-même je vous rends le *serment* qui nous lie.

Souvent à nos amours qui cherchaient le mystère,
Ce peuplier nous prêta son ombre hospitalière,
Souvent sur son écorce aussi fragile qu'eux
Je gravais de Doris les *sermens* amoureux.

SEUL , SEULETTE. Le commencement et le déclin de l'amour se font sentir par l'embarras où l'on est de se trouver *seuls*.

N'allez pas au bois *seulette*,
Filles qui craignez l'amour ;
C'est là que ce Dieu vous guette,
Pour vous jouer quelque tour.

SÉVÉRITÉ. La *sévérité* des femmes est un ajustement et un fard qu'elles ajoutent à leur beauté.

SERVITUDE. Combien de jeunes personnes qui ne recherchent dans le mariage qu'une liberté et une indépendance qu'elles n'avaient point auprès de leurs parens, et qui n'y trouvent souvent qu'une *servitude* qui les lie pour toujours à un époux grondeur , bizarre et jaloux.

SILENCE. En amour le *silence* est quelquefois plus éloquent que les paroles.

SINCÉRITÉ. Les premiers amours sont toujours *sincères*.

SOINS (PETITS.) Les *petits soins* entretiennent l'amour ; c'est par eux qu'on parvient à toucher un cœur, et à y faire naître cette reconnaissance qui précède l'amour.

SOLITUDE. Le tendre amour aime la *solitude*, il s'y complaît dans de douces rêveries. — La so-

litude n'apaise pas les troubles du cœur , si la **raison
ne** s'en mêle pas.

SONGE. Le temps des amours n'est qu'un long
songe dont on se reveille le jour qu'on n'aime plus.

Peindrai-je d'un aman' le délire et les *songes ?*
C'est pour lui que Morphée est riche en doux mensonges ,
D'espérance, d'amour, de plaisir palpitant,
Il voit l'objet qu'il aime , il l'écoute , il l'entend,
Il croit voir sur sa bouche ou le refus expire,
Mollement se répandre un languissant sourire,
Il croit voir , l'entourant des plus aimables nœuds,
S'étendre , s'arrondir ses bras voluptueux,
Il reçoit ses baisers , ses caresses brûlantes ;
Tout son corps a frémi sous ses mains caressantes.
La nuit fait envier ses prestiges au jour
Et trempe ses pavots du nectar de l'amour.

SOTTISE , SOT. Une femme qui a fait la *sottise*
d'aimer un *sot* , tremble à chaque instant qu'elle
lui voit ouvrir la bouche.

SOUCIS. Demandez aux jaloux si l'amour en
donne ?

SOUFFRANCES. Quand elles sont partagées elles
paraissent plus légères.

SOUHAITS. Les *souhaits* amoureux n'ont qu'un
but , la possession de l'objet qu'on aime.

Et l'amour fécondant mes plus tendres *souhaits* ,
Vous rend à mon ardeur plus belle que jamais.

SOUPIRER. Si les amans de ce siècle *soupirent*
beaucoup moins qu'autrefois , c'est la faute du beau
sexe qui ne lui en donne pas le temps.

Un cœur qui *soupire*
N'a pas ce qu'il desire.

Doutez-vous des *soupirs* enflammés ?
De deux jeunes amans l'un de l'autre charmés

SOURIS. Un *souris* gracieux sur une bouche aimée répand dans le cœur un charme inexprimable.

> Un doux penser l'agite en ce moment
> Et sur sa bouche a placé le *sourire*,
> Et quel *souris!* celui que vainement
> Cherche l'epoux et qu'on donne à l'amant.

> Sur ses lèvres errant, un *souris* gracieux,
> De son ame peignait la naïve allégresse.

SOUVENIRS. Les *souvenirs* d'amour sont si doux que deux personnes qui se sont aimées, ne se rencontrent jamais sans échanger un sourire, un regard gracieux, tant l'agréable *souvenir* de leur ancienne affection vit encore au fond de leur cœur. — Il y a des *souvenirs* agréables, mais il y en a de si vifs et de si tendres qu'on a peine à les supporter.

> Croyez-vous en effet que prompts à disparaître,
> Nos jours soient pour jamais retranchés de notre être?
> Non, non, le *souvenir* les reproduit toujours;
> Le *souvenir* au temps fait rebrousser son cours;
> Et, tel que ce serpent que tranche un fer barbare,
> Fidèle à la moitié dont l'acier le sépare,
> A ses vivants débris cherche encore à s'unir,
> Ainsi vers le passé revient le *souvenir*.

> Je sais qu'en vous voyant un tendre *souvenir*
> Peut m'arracher du cœur un amoureux soupir.

SOUVERAINE. Dans tout ce qui est du ressort de l'amour les dames doivent être *souveraines*: c'est d'elles que dépend notre bonheur; elles le feront infailliblement tant qu'elles sauront gouverner nos cœurs avec intelligence, modérer leurs penchants, et maintenir leur autorité sans la compromettre et sans en abuser: elles sont encore *souveraines* dans le royaume du bon goût et dans l'empire de la mode.

SUBITEMENT. Une passion qui naît *subitement* est plus longue à guérir.

SUBTIL. L'amour est un poison *subtil*, qui se glisse dans notre cœur , dans nos veines , dans tout notre être.

SUPERBE. Une femme belle et *superbe* , inspire une grande passion dont elle ressent elle-même toute la force ; mais elle n'inspire ni ne ressent ce doux sentimens qu'on nomme tendre amour

SYMPATHIE. La *sympathie* est un mystère : un seul regard a quelquefois suffi pour allumer une vive flamme dans deux jeunes cœurs qui ne s'étaient jamais rencontrés dans le monde ; n'y avait-il pas entre ces deux êtres une mystérieuse *sympathie ?*

TACT. En amour , les femmes y excellent..

TAIRE. L'amour est un grand maître en fait de discrétion ; car il apprend les plus babillardes à savoir se *taire.*

TAPINOIS. Le regard en *tapinois* d'une jeune fillette dénote que son cœur est prêt à s'ouvrir aux douces impression de l'amour.

TÉMÉRAIRE. Pour être *téméraire* en amour , il faut en avoir acquis le droit et ne l'être qu'à propos.

TEMPS. C'est avec vérité que Ségur dans sa jolie chanson a dit : que l'amour fait passer le temps et le *temps* fait passer l'amour.

> A voyager passant sa vie ,
> Certain vieillard , nommé le Temps ,
> Près d'un fleuve arrive et s'écrie »
> « Ayez pitié de mes vieux ans.
> « Hé quoi! sur ces bords on m'oublie ,
> « Moi qui compte tous les instans !
> « Mes bons amis , je vous supplie ,
> « Venez , venez passer le Temps. »

De l'autre côté , sur la plage ,
Plus d'une fille regardait,
Et voulait aider son passage
Sur un bateau qu'Amour guidait.
Mais une d'elles , bien plus sage ,
Leur répétait ces mots prudens :
« Ah ! souvent on a fait naufrage
« En cherchant à passer le Temps. »

L'amour gaîment pousse au rivage,
Il aborde tout près du Temps :
Il lui propose le voyage,
L'embarque et s'abandonne aux vents.
Agitant ses rames légères ,
Il dit et redis dans ses chants :
« Vous voyez bien , jeunes bergères ,
« Que l'Amour fait passer le Temps. »

Mais tout à coup l'Amour se lasse ;
Ce fut toujours là son défaut
Le Temps prend la rame a sa place
Et lui dit : « Quoi ! céder sitôt !
« Pauvre enfant, qu'elle est ta faiblesse !
« Tu dors et je chante à mon tour
« Ce vieux refrain de la sagesse :
« Ah ! le Temps fait passer l'Amour. »

TENDRESSE. Les cœurs portés à la *tendresse* sont inquiets et agités tant qu'ils ne sont point occupés par l'amour , et alors même , la crainte de perdre ou de désobliger l'objet de leur affection les tient dans une perplexité continuelle. — Les femmes , en général , ont toujours de l'indulgence pour tout ce qui porte le caractère de la *tendresse*.

TIÉDEUR. La femme a un instinct , une perspicacité qui discerne aussitôt la *tiédeur* d'un amant , tandis que l'homme croit encore à l'amour de l'infidèle qui le trahit depuis long-temps.

TIMIDITÉ. Les amans *timides* sont les plus malheureux. — La *timidité* qui plait d'abord ennuie ensuite. — La *timidité* accompagne toujours les grandes passions.

TOUJOURS. Les amans se croient immortels, ils ont sans cesse le mot *toujours* sur les lèvres.

Et quoi ! souffrir *toujours* un tourment qu'elle ignore !
Toujours verser de pleurs qu'il faut que je dévore !

TOURMENS. Aux yeux des amans les moindres chagrins d'amour sont des douloureux *tourmens*.

Moi, dont vous connaissez le trouble et les *tourments*,
Quand vous ne me quittez que pour quelques instants.

Rendons-lui les *tourmens* qu'elle me fait souffrir.

Quel *tourment* de se taire en voyant ce qu'on aime !

TOURTERELLE. Emblême de la constance.

J'ai sous mon humble toit deux jeune *tourterelles*,
Beautés jumelles,
Que de mes mains avec soin je nourris ;
Et qui fières déjà de leurs yeux de rubis,
Et de leurs pieds de rose, et de l'or de leurs ailes,
S'exercent aux baisers qu'un jour leurs cœurs fidèles,
Donneront aux epoux dignes d'un si beau prix.

TRAHISON. Il y a des cœurs pour qui la plus légère infidélité est une grande *trahison*. — L'amant que l'on comble souvent des plus vives caresses est souvent celui que l'on *trahit* avec le plus de perfidie.

Lui, qui me fut si cher et qui m'a pu *trahir*.

Trop d'amour a *trahi* nos secrets amoureux !

Vous, qui gardant au cœur d'infidèles amours,
M'avez des *trahisons* preparé la plus noire !

TRAITS. Les *traits* de l'amour percent les plus rudes cuirasses, et plus l'on veut s'en garantir plus les blessures qu'ils font sont profondes et cruelles.

Il vous souvient, Doris, que mon cœur en ces lieux,
Reçut le premier *trait* qui partit de vos yeux.

TRANSPORT. L'amour aime les doux *transports*
autant qu'il hait les *transports* jaloux.

Suivez les doux *transports* où l'amour vous invite.

TRIBUT. Les cœurs dépravés dès leur tendre
jeunesse, sont les seuls qui s'affranchissent du *tribut*
que nous devons tous à l'amour.

TRISTESSE. Quelle est la femme qui n'ait eu le
cœur serré d'une amère *tristesse* au moment, où
pour la première fois elle venait de céder à son
amant?

TROMPERIE. La *tromperie* en amour va plus loin
que la méfiance. — Une coquette est la *tromperie*
personnifiée.

TROUBLE. Un *trouble* involontaire se fait toujours
sentir à la première vue de l'objet que nous devons
aimer. — Une vive rougeur trahit le *trouble* d'un
cœur amoureux.

Un *trouble* s'éleva dans mon ame éperdue.

UNIFORMITÉ. L'amour se plaît dans la variété,
il grandit dans les contrariétés et les alarmes, un
peu de jalousie le ranime ; il languit dans l'*uniformité*.

L'ennui naquit un jour de l'*uniformité*.

UNION. C'est en amour qu'on peut dire avec
vérité : L'*union* fait la force.

USAGE. Il est en amour des *usages* qu'il ne faut
négliger ni enfreindre, sous peine de courir le
risque de déplaire.

USER. Tout s'*use* dans le monde, l'amour comme
toute autre chose ; mais dans les cœurs tendres,

l'amitié qui le remplace est presque un second amour moins vif et plus durable.

VACANT. Il y a des cœurs qui ne sont jamais *vacants* ; s'ils ne sont pas fidèles à l'amour, ils le sont aux amours, car aussitôt que l'un deux s'en échappe, il est remplacé par un autre.

VAINQUEUR. On peut dire de l'amour, qu'il est le *vainqueur* des *vainqueurs* de la terre, puisque les plus fameux héros ont fléchi sous ses lois.

VANITÉ. La *vanité* perd plus de femmes que l'amour.

VAPEUR. Chez les femmes, les maux de nerfs ont remplacé les *vapeurs* ; les médecins et les amans n'y ont rien perdu.

VARIÉTÉ. Plaisir, charme, délassemens de l'amour : l'amour sans *variété*, s'endort et expire dans un sommeil léthargique.

VENGEANCE. La plupart des crimes que l'amour fait commettre ne sont que des *vengeances* causées par un amer dépit ou une jalousie effrénée ; mais la *vengeance* la plus cruelle, pour le cœur même qui l'a assouvie, c'est la *vengeance* sanglante d'une amante outragée sur un amant perfide, mais qu'elle aime encore. — Combien de femmes dont la première infidélité a été faite par un esprit de *vengeance* contre un amant volage, et qui de *vengeance* en *vengeance* sont devenues des femmes galantes.

VENUS. La mère des amours, des jeux et des ris ; la déesse des graces et de la beauté.

Vénus ta force active et ton souffle brûlant
Versent la volupté dans les veines du monde,
Et la terre, les cieux, le ciel étincelant,
Ivres de ton nectar, heureux sous ton empire,
De toi seule ont appris l'art de se reproduire.

O mère des amours, ô mère des Romains !
Vénus, charme éternel des dieux et des humains,
Toi seule, embrasant tout de ton feu salutaire,
Peuples l'air et les eaux, et fécondes la terre.

VÉRITÉ. Pourquoi les coquettes sont si dangereuses ? c'est que pour mieux nous séduire elles savent couvrir leur astuce des apparences de la *vérité*.

VÉRITABLE. Il en est du *véritable* amour comme de l'apparition des esprits : tout le monde en parle, mais peu de gens en ont vu.

VERS. La poësie plaît au beau sexe, nos anciens troubadours en ont été les favoris.

Belles, aimez les *vers*, les *vers* immortalisent,
Vos appas, dans les *vers*, avec eux s'éternisent,
Et vos noms y vivront tant qu'Hébé dans les cieux
Versera l'ambroisie au monarque des cieux.

VERTU. Une *vertu* qui a besoin d'être gardée, ne vaut pas la peine d'un sentinelle. — La *vertu* est à elle-même sa première récompense.

VIOLENCE. Les *violences* qu'on se fait pour s'empêcher d'aimer sont souvent plus cruelles que les rigueurs de ce qu'on aime.

VICE. Le *vice* est contagieux. — L'habitude inspire à la longue l'amour du *vice*. — Les êtres que le *vice* déprave lui cherchent des prosélites. — Telle jeune personne s'est conservée sage et pure jusqu'au moment où elle a admis dans son intimité, une amie gangrenée de *vices*.

VIEILLESSE. Peu de gens savent être *vieux*. — Le plus dangereux ridicule des *vieilles* personnes qui ont été aimables, c'est d'oublier qu'elles ne le sont plus. — Ce qu'il y a de plus ridicule dans l'amour chez les *vieillards*, c'est leur désir de l'inspirer.

VICTIME. Combien de larmes sanglantes versent sur l'autel de l'amour, les nombreuses *victimes* de

ce dieu malin et cruel. — Il n'y a que les *victimes* de l'amour qui sachent en adoucir les peines.

> Ce triste cœur devenu ta *victime*
> Chérit encor l'amour qui l'a surpris.

D'un tendre égarement *victime* intéressante.

D'un amour malheureux déplorable *victime*.

VICTOIRE. L'amour est un combat inégal où l'on impose au plus faible la nécessité de remporter toujours la *victoire*.

VIE. Autant la *vie* paraît douce et agréable aux amans heureux, autant elle est orageuse et pesante pour les amans infortunés.

> Je chéris mon obscure et douce oisiveté,
> Si près de toi je puis, ô ma chère Délie!
> Doucement épuiser la coupe de la *vie*.

> Amour, douce folie!
> Épisode trop court du roman de la *vie*.

Le matin de la *vie* appartient aux amours.

Le Jardin de la Vie humaine.

> La nature, dans ce jardin,
> Ne prodigue pas ses richesses :
> Car ce jardin, au genre humain,
> De fleurs n'offre que cinq espèces.
> D'abord les bleuets sont cueillis
> Par les mains de la tendre enfance ;
> Et plus bas la candeur du lis
> Appartient à l'adolescence.

> La jeunesse, au milieu des ris,
> Cueille des roses passagères ;
> L'âge mûr cueille les soucis
> Qui croissent parmi les affaires ;
> Le front couvert de cheveux blancs,
> On voit la vieillesse sensée :

Au bout du jardin à pas lents :
Elle va cueillir la pensée.

VOL. Il en est des *vols*, en fait d'amour, comme
de ceux de Lacédémone ; il n'y a que les mala-
droits de punis.

VOLAGE. On peut comparer l'amour d'un cœur
volage à la vie d'un insecte éphémère.

VOLUPTÉ. Les cœurs purs et aimants trouvent de
douces *voluptés* dans les caresses les plus innocentes ; les ames perverties n'en trouvent que dans
le vice.

Et d'ivresse et d'erreur imprudente nourrice
La *volupté* nous berce entre les bras du vice.

La molle *volupté* sur un lit de gazons,
Satisfaite et tranquille, écoute leurs chansons,
On voit à ses côtés le mystère en silence,
Le sourire enchanteur, les soins, la complaisance,
Les plaisirs amoureux et les tendres désirs
Plus doux, plus séduisants encor que les plaisirs.

VOYAGE. On conseille les *voyages* aux malades
d'amour, aux amans infortunés ou trahis, comme
un des meilleurs remèdes pour guérir de cette
passion malheureuse.

Les Voyages.

L'homme ici bas est *voyageur* ;
Le matin, il s'amuse en route ;
Mais à midi, pour son malheur,
C'est l'ambition qu'il écoute ;
Vers le soir, las de ses erreurs,
Il perd la force et le courage :
L'amitié, sur un lit de fleurs,
L'endort à la fin du *voyage*.

Dès long-temps le plaisir, l'amour,
Ont pris la France pour asile,

Et tous les deux, dans ce séjour,
Ont établi leur domicile :
Mais le plaisir, moins passager,
De tout temps fixe notre hommage,
Et l'amour est un étranger
Qui parmi nous n'est qu'en *voyage*.

Pour le temple de la vertu
Lise un jour part avec Clitandre ;
Mais le sentier n'est pas battu :
Lise ne sait quel chemin prendre :
Pour cacher la frayeur qu'elle a,
Lise s'avance avec courage ;
Mais son pied glisse, et la voilà
Qui reste au milieu du *voyage*.

Pour égayer quelques instants
Le trajet qu'on nomme la vie,
D'abord j'attèle au char du temps
L'indépendance et la folie :
La séduisante volupté
Jete des fleurs sur mon passage,
Et me présente la beauté
Pour ma compagne de *voyage*.

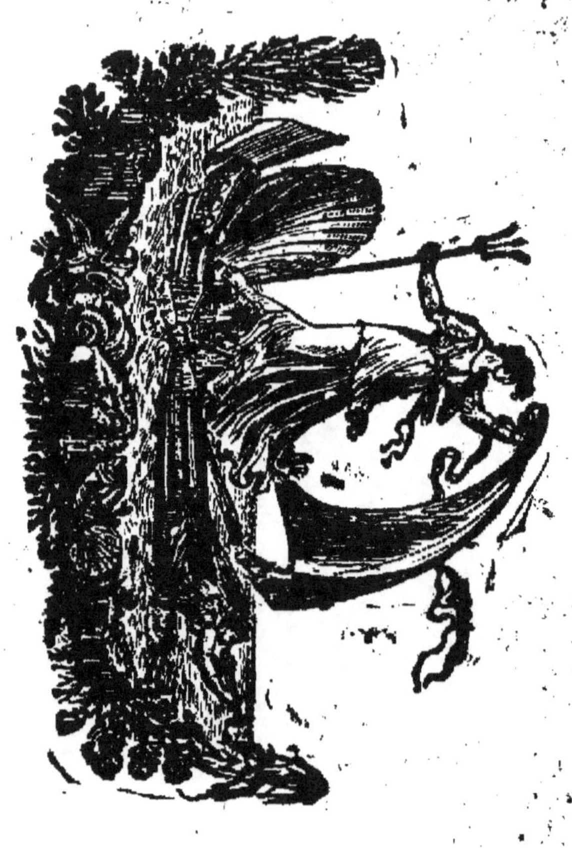